大家讲述

人生三层楼

丰子恺 著
钟桂松 编

上海三联书店

有很多人，
从第一层直上第三层并不需要在第二层勾留。
还有许多人连第一层也不住，
一口气跑上三层楼。

前言

丰子恺（1898—1975）是我国现代著名画家、散文家、教育家、书法家和翻译家，其中尤以漫画家、散文家的身份而知名于世。

丰子恺曾说："我的心为四事所占据了，天上的神明与星辰，人间的艺术与儿童。"纵观其一生，笃信佛教而又充满孩子气的他，对这个世界可谓满含悲悯和温情，始终葆有一颗天真烂漫的童心。这些特点毫无保留地反映到了他的文艺创作上，其文平实自然，质朴纯真；其画诙谐隽永，意味绵长，实为我国近现代史上卓然自立的一代文艺大家。

事实上，在丰子恺先生的学生时代，深受乃师李叔同（弘一法师）和夏丏尊的影响，故而将人生分为三层楼，并谓自己常安居于第二层楼，即为艺术的人生。因而，他的诗意的一生，并不限于绘画，更是一名音乐鉴赏家和教育家，因而对音乐有着浓厚的兴趣和独到的理解，便丝毫不奇怪了。

本书便是从丰子恺先生诸多散文名篇，及其曾出版过的介绍西方音乐名家和名曲的普及读物中摘录而成，以保留原作语言风格和凸现时代特征的习惯用语为原则，紧紧围绕“音乐与人生”这一主题，删繁去芜，择其精华。可谓每个标题（系由选编者所加）都有人生兴味，每段文字皆关悠悠世情。

辑录丰子恺先生这些散文名篇的片段，深感丰子恺先生年轻时的勤奋博学之外，也要深深感谢丰子恺先生的后人为搜集整理丰子恺作品所作出的贡献。现在这部《人生三层楼》，就是在他们整理校订的作品集上辑录的。所以，如果对这本书读后有所收获的话，应该感谢丰子恺先生和他的子女们。

编者

2019 年 12 月

目录

我以为人的生活，可以分作三层：
一是物质生活，
二是精神生活，
三是灵魂生活。

被弃的小猫

人生三层楼

“李先生的教师，是有后光的”

我十七岁入杭州浙江第一师范，廿岁毕业以后没有升学。我受中等学校以上学校教育，只此五年。这五年间，弘一法师，那时称为李叔同先生，便是我的图画音乐教师。图画音乐两科，在现在的学校里是不很看重的，但是奇怪得很，在当时我们的那间浙江第一师范里，看得比英、国、算还重。我们有两个图画专用的教室，许多石膏模型，两架钢琴，五十几架风琴。我们每天要花一小时去练习图画，花一小时以上去练习弹琴。大家认为当然，恬不为怪，这是什么原故呢？因为李先生的人格和学问，统制了我们的感情，折服了我们的心。他从来不骂人，从来不责备人，态度谦恭，同出家后完全一样；然而个个学生真心地怕他，真心地学习他，真心地崇拜他。我便是其中之一人。因为就人格讲，他的当教师不为名利，为当教师而当教师，用全副精力去当教师。就学问讲，他博学多能，其国文比国文先生更高，其英文比英文先生更高，其历史比历史先生更高，其常识比博物先生更富，又是书法金石的专家、中国话剧的鼻祖。他不是只能教图画音乐，他是拿许多别的学问为背景而教他的图画音乐。

夏丏尊先生曾经说："李先生的教师，是有后光的。"像佛菩萨那样有后光，怎不教人崇拜呢？而我的崇拜他，更甚于他人。

《我与弘一法师》

人生三层楼

我以为人的生活，可以分作三层：一是物质生活，二是精神生活，三是灵魂生活。物质生活就是衣食。精神生活就是学术文艺。灵魂生活就是宗教。"人生"就是这样的一个三层楼。懒得（或无力）走楼梯的，就住在第一层，即把物质生活弄得很好，锦衣玉食，尊荣富贵，孝子慈孙，这样就满足了。这也是一种人生观。抱这样的人生观的人，自世间占大多数。其次，高兴（或有力）走楼梯的，就爬上二层楼去玩玩，或者久居在里头。这就是专心学术文艺的人。他们把全力贡献于学问的研究，把全心寄托于文艺的创作和欣赏。这样的人，在世间也很多，即所谓"知识分子""学者""艺术家"。

还有一种人，"人生欲"很强，脚力很大，对二层楼还不满足，就再走楼梯，爬上三层楼去。这就是宗教徒了。他们做人很认真，满足了“物质欲”还不够，满足了“精神欲”还不够，必须探求人生的究竟。他们以为财产子孙都是身外之物，学术文艺都是暂时的美景，连自己的身体都是虚幻的存在。他们不肯做本能的奴隶，必须追究灵魂的来源，宇宙的根本，这才能满足他们的“人生欲”。这就是宗教徒。世间就不过这三种人。

《我与弘一法师》

精神的粮食，有时更重于物质的粮食

人生的目的为何？从伦理的哲学的言之，要不外乎欲得理想的生活。亦即欲得快乐的生活。换言之，欲满足种种欲望。人欲有五：食欲、色欲、知欲、德欲、美欲是也。食色二欲为物质的，为人生根本二大欲。但人决不能仅此满足即止，必进而求其他精神的三大欲之满足。此为人生快乐的向上，向上不已，食色二欲中渐渐混入美欲，终于由美欲取代食色二欲，是为欲之升华。升华之极，轻物质而重精神。所欲有甚于生，人生即达于“不朽”之理想境域。故精神的粮食，有时更重于物质的粮食。浅而言之，儿童之求游戏有时甚于求食。囚犯之苦寂寞有时甚于饥寒。反之，发奋忘食，闻乐不知肉味，亦不独孔子为然，人皆有之，不过程度有差等耳。今人职业与事业不符者，苦痛万状。因职业只供物质的粮食，而不供精神的粮食也。

《精神的粮食》

弘一法师到三楼，毫不足怪的

我虽用三层楼为比喻，但并非必须从第一层到第二层，然后再到第三层。有很多人，从第一层直上第三层并不需要在第二层勾留。还有许多人连第一层也不住，一口气跑上三层楼。不过我们的弘一法师，是一层一层地走上去的。弘一法师的“人生欲”非常之强，他的做人，一定要做得彻底。他早年对母亲尽孝，对妻子尽爱，安住在第一层中。中年专心研究艺术，发挥多方面的天才，便是迁居在第二层楼了。强大的“人生欲”不能使他满足于二层楼。于是爬上三层楼去，做和尚，修净土，研戒律，这是当然的事，毫不足怪的。

《我与弘一法师》

做人好比喝酒

做人好比喝酒：酒量小的，喝一杯花雕酒已经醉了，酒量大的，喝花雕嫌淡，必须喝高粱酒才能过瘾。文艺好比是花雕，宗教好比是高粱。弘一法师酒量很大，喝花雕不能过瘾，必须喝高粱。我酒量很小，只能喝花雕，难得喝一口高粱而已。但喝花雕的人，颇能理解喝高粱者的心。

《我与弘一法师》

艺术的最高点与宗教相接近

艺术的最高点与宗教相接近。二层楼的扶梯的最后顶点就是三层楼。所以弘一法师由艺术升华到宗教，是必然的事。弘一法师在闽中，留下不少的墨宝，这些墨宝，在内容上是宗教的，在形式上是艺术的—— 书法。

《我与弘一法师》

艺术的精神，正是宗教的

艺术家看见花笑，听见鸟语，举杯邀明月，开门迎白云，能把自己当作人看，能化无情为有情，这便是“物我一体”的境界。更进一步，便是“万法从心”“诸相非相”的佛教真谛了。故艺术的最高点与宗教相通。最高的艺术家有言：“无声之诗无一字，无形之画无一笔。”可知吟诗描画，平平仄仄，红红绿绿，原不过是雕虫小技，艺术的皮毛而已。艺术的精神，正是宗教的。古人云：“文章一小技，于道未为尊。”又曰：“太上立德，其次立言。”弘一法师教人，亦常引用儒家语：“士先器识而后文艺。”所谓“文章”“言”“文艺”便是艺术；所谓“道”“德”“器识”正是宗教的修养。宗教与艺术的高下、重轻，在此已经明示。

《我与弘一法师》

向三层楼上望望

我脚力小，不能追随弘一法师上三层楼，现在还停留在二层楼上，斤斤于一字一笔的小技，自己觉得很惭愧。但亦常常勉力爬上扶梯，向三层楼上望望。

《我与弘一法师》

一口气跑上三层楼的太虚

久驻闽中的高僧，我所知道的还有一位太虚法师，他是我的小同乡，从小出家的。他并没有弄艺术，是一口气跑上三层楼的。但他与弘一法师，同样地是旷世的高僧，同样地为世人所景仰，可知在世间，宗教高于一切。在人的修身上，器识重于一切。

《我与弘一法师》

“做一样，像一样”

夏丏尊先生曾经指出李叔同先生做人的一个特点，他说：“做一样，像一样。”李先生的确做一样像一样：少年时做公子，像个翩翩公子。中年时做名士，像个风流名士；做话剧，像个演员；学油画，像个美术家；学钢琴，像个音乐家；办报刊，像个编者；当教员，像个老师；做和尚，像个高僧。李先生何以能够做一样像一样呢？就是因为他做一切事都“认真地，严肃地，献身地”做的原故。

《李叔同先生的教育精神》

李先生的开导，我真想哭出来

李先生一做教师，就把洋装脱下，换了一身布衣：灰色布长衫，黑布马褂，金边眼镜换了钢丝边眼镜。对学生态度常是和蔼可亲，从来不骂人。学生犯了过失，他当时不说，过后特地叫这学生到房间里，和颜悦色，低声下气地开导他。态度的谦虚与郑重，使学生非感动不可。记得有一个最顽皮的同学说：“我情愿被夏木瓜骂一顿，李先生的开导真是吃不消，我真想哭出来。”

《李叔同先生的教育精神》

“行大丈夫事”的李叔同先生

李先生不是“走投无路，遁入空门”的，是为了人生根本问题而做和尚的，他是真正地做和尚，他是痛感于众生疾苦愚迷，要彻底解决人生根本问题，而“行大丈夫事”的。世间一切事业，没有比做真正的和尚更伟大的了；世间一切人物，没有比真正的和尚更具大丈夫相的了。

《悼丏师》

十分像人的一个人

我崇仰弘一法师，为了他是“十分像人的一个人”。凡做人，在当初，其本心未始不想做一个十分像“人”的人；但到后来，为环境、习惯、物欲、妄念等所阻碍，往往不能做得十分像“人”。其中九分像“人”，八分像“人”的，在这世间已很伟大；七分像“人”，六分像“人”的，也已值得赞誉；就是五分像“人”的，在最近的社会里也已经是难得的“上流人”了。像弘一法师那样十分像“人”的人，古往今来，实在少有。所以使我十分崇仰。

《〈弘一大师全集〉序》

碰到佛法便叹为观止

看了这套照片，想见弘一法师的生活异常丰富。世间多数人的生活是平凡的，农家人一辈子做农，工家的人一辈子做工，商家的人一辈子做商……我们的法师的一生，花样繁多；起初做公子哥儿，后来做文人，做美术家，做音乐家，做戏剧家，做编辑者，做书画家，做教师，做道家，最后做和尚。浅见的人，以为这人“好变”“没长心”，所以我乡某亲友说：“他做和尚不久要还俗的。”我的感想，他“好变”是真的：他具有多方面的天才，他的好变是当然的。全靠好变，方得尽量发挥他各方面的天才，而为文艺教育界作不少的榜样，增不少的光彩。然而他变到了和尚，竟从此不变了。他三十九岁做和尚，六十四岁圆寂。他做和尚期间，有二十五年。算他十四岁出场吧，那么他做其他种种花样的期间，也是二十五年。为什么前头的二十五年这样“好变”，这样“没长心”，而后面的二十五年这样“不变”，这样“有长心”呢？可见在他看来，做和尚比做其他一切更有意思。换言之，佛法比文艺教育更有意思，最崇高，最能够满足他的“人生欲”。所以他碰到佛法便叹为观止了。料他“不久还要还俗”的朋友，现在大约也能相信我这句话：“佛法最崇高。”

《拜观弘一法师摄影集后记》

抛却妄念，做个好人

李先生是银行家的儿子，幼年时曾经尊荣富厚。李先生是沪学会、南社的巨子，少年时曾经驰誉文坛。李先生是中国最早研究洋乐洋画和话剧的新艺术家，壮年时曾经蜚声艺苑。李先生是中国最早的艺术教师，中年时曾经有过绝不止三千的门墙桃李。他曾经用苦功弹钢琴，用苦功写魏碑，用苦功作诗文。料想他在当时一定对每一种东西热衷，为每一种东西兴奋，而尝到每一种东西的甘味。然而这些东西都像甘蔗，尝完了甘味之后，剩下来的只是渣滓，使他不得不唾弃，而另找永久的“法味”。看了李先生一生的照片之后，可知号称“不朽”的文艺，也只有一时之荣，何况世间其他的“名利恭敬”呢？人生一切是无常的！能够看透这个“无常”，人便可以抛却“我利私欲”的妄念，而安心立命地、心无挂碍地、勇猛精进地做个好人。所以佛法绝不是消极的！

《拜观弘一法师摄影集后记》

真心的夏先生

凡熟识夏先生的人，没有一个不晓得夏先生是个多忧善愁的人。如看见世间的一切不快、不安 、不真、不善、不美的状态，都要皱眉，叹气。他不但忧自家，又忧友，忧校，忧店，忧国，忧世。朋友中有人生病了，夏先生就皱着眉头替他担忧；有人失业了，夏先生又皱着眉头替他着急；有人吵架了，有人吃醉了，甚至朋友的太太要生产了，小孩子跌跤了……夏先生都要皱着眉头替他们忧愁。

学校的问题，公司的问题，别人都当作例行公事处理的，夏先生却当作自家的问题，真心地担忧。国家的事，世界的事，别人当作历史小说看的，在夏先生都是切身问题，真心地忧愁，皱眉，叹气。

《悼丏师》

夏丏尊教导“不准讲空话，要老实写”

他教国文的时候，正是“五四”将近。我们做惯了“太王留别父老书”“黄花主人致无肠公子书”之类的文题之后，他突然叫我们做一篇“自述”。而且说：“不准讲空话，要老实写。”有一位同学，写他父亲客死他乡，他“星夜匍伏奔丧”。夏先生苦笑着问他：“你那天晚上真个是在地上爬去的？”引得大家发笑，那位同学脸孔绯红。又有一位同学发牢骚，赞隐遁，说要“乐琴书以消忧，抚孤松而盘桓”。夏先生厉声问他：“你为什么来考师范学校？”弄得那人无言可对。

这样的教法，最初被顽固守旧的青年所反对。他们以为文章不用古典，不发牢骚，就不高雅。竟有人说：“他自己不会做古文（其实做得很好），所以不许学生做。”但这样的人，毕竟是少数。多数学生，对夏先生这种从来未有的大胆的革命主张，觉得惊奇与折服，好似长梦猛醒，恍悟今是昨非。这正是五四运动的初步。

《悼丏师》

夏先生在喊："铜钿少用些！"

夏先生则不然，毫无矜持，有话直说。学生便嬉皮笑脸，同他亲近。

偶然走过校庭，看见年纪小的学生弄狗，他也要管："为啥同狗为难！"

放假日子，学生出门，夏先生看见了便喊："早些回来，勿可吃酒啊！"

学生笑着连说："不吃，不吃！"赶快走路。走得远了，夏先生还要大喊："铜钿少用些！"学生一方面笑他，一方面实在感激他，敬爱他。

《悼丏师》

妈妈的教育

夏先生与李先生对学生的态度，完全不同。而学生对他们的敬爱，则完全相同。

这两位导师，如同父母一样。李先生的是"爸爸的教育"，夏先生的是"妈妈的教育"。

夏先生后来翻译的《爱的教育》，风行国内，深入人心，甚至被取作国文教材。这不是偶然的事。

《悼丏师》

护生者，护心也

护生者，护心也（初集马一浮先生序文中语）。去除残忍心，长养慈悲心，然后拿此心来待人处世。

——这是护生的主要目的。

故曰："护生者，护心也。"

详言之：护生是护自己的心，并不是护动植物。再详言之，残杀动植物这种举动，足以养成人的残忍心，而把这残忍心移用于同类的人。

故护生实在是为人生，不是为动植物。普劝世间读此书者，切勿拘泥字面。

《护生画集三集自序》

护生旨在护心

我也曾吃素。但我认为吃素吃荤真是小事，无关大体。

我曾作《护生画集》，劝人戒杀。但我的护生之旨是护心（其义见该书马序），不杀蚂蚁非为爱惜蚂蚁之命，乃为爱护自己的心，使勿养成残忍。

顽童无端一脚踏死群蚁，此心放大起来，就可以坐了飞机拿炸弹来轰炸市区。

《佛无灵》

我瞧他不起

信佛为求人生幸福，我绝不反对。但是，只求自己一人一家的幸福而不顾他人，我瞧他不起。得了此小便宜就津津乐道，引为佛祐；（抗战期中，靠念佛而得平安逃难者，时有所闻。）受了些小损失就怨天尤人，叹“佛无灵”，真是“阿弥陀佛，罪过罪过！”他们平日都吃素、放生、念佛、诵经。但他们的吃一天素，希望比吃十天鱼肉更大的报酬。他们放一条蛇，希望活一百岁。他们念佛诵经，希望个个字变成金钱。这些人从佛堂里散出来，说的统是果报：某人长年吃素，邻家都烧光了，他家毫无损失。某人念《金刚经》，强盗洗劫时独不抢他的。某人无子，信佛后一索得男。某人痔疮发，念了“大慈大悲观世音菩萨”，痔疮立刻断根。……此外没有一句真正关于佛法的话。

《佛无灵》

护爱群生

真是信佛，应该理解佛陀四大皆空之义，而屏除私利；应该体会佛陀的物我一体，广大慈悲之心，而护爱群生。至少，也应知道亲亲而仁民，仁民而爱物之道。爱物并非爱惜物的本身，乃是爱人的一种基本练习。

《佛无灵》

深挚的友爱之情

忙了一大阵之后，工作又告一段落，又是放下自来水笔，坐在椅子里伸一伸腰。眼梢头又觉得桌子右角上离开我两尺光景的地方有一件小东西在那里蠢动。望去似乎比蚂蚁大些，并且正在慢慢地不断地移动，移向桌子所靠着的窗下的墙壁方面去。我凑近去仔细察看。啊哟，不看则已，看了大吃一惊！原来是两个蚂蚁，一个就是那受伤者，另一个是救伤者，正在衔住了受伤者的身体而用力把他（排字同志注意，以后不用它字了）拖向墙壁方面去。然而这救伤者的身体不比受伤者大，他衔着和自己同样大小的一个受伤者而跑路，显然很吃力，所以常常停下来休息。有时衔住了他的肩部而走路，走了几步停下来，回过身去衔住了他的一只脚而走路；走了几步又停下来，衔住了另一只脚而继续前进。停下来的时候，两人碰一碰头，仿佛谈几句话。也许是受伤者告诉他这只脚痛，要他衔另一只脚；也许是救伤者问他伤势如何，拖得动否。受伤者有一两只脚伤势不重，还能在桌上支撑着前进，显然是体谅救伤者太吃力，所以勉力自动，以求减轻他的负担。因为这样艰难，所以他们进行的速度很缓，直到现在还离开墙壁半尺之远。这个救伤者以前我并没有看到。想来是埋头于翻译的期间，他跑出来找寻同伴，发现这个同伴受了伤躺在桌子上，就不惜劳力，不辞艰苦，不顾冒险，拼命地扶他回家去疗养。这样藐小的动物，而有这样深挚的友爱之情、这样慷慨的牺牲精神、这样伟大的互助精神，真使我大吃一惊！同时想起了我刚才看不起他，想捻死他，不理睬他，又觉得非常抱歉，非常惭愧！

鲁迅先生曾经看见一个黄包车夫的身体大起来。我现在也如此：忽然看见桌子角上这两个蚂蚁大起来，大起来，大得同山一样，终于充塞于天地之间，高不可仰了。同时又觉得我自己的身体小起来，小起来，终于小得同蚂蚁一样了。我站起身来，向着这两个蚂蚁立正，举起右手，行一个敬礼。

《敬礼》

圆满的人格好比一个鼎

圆满的人格好比一个鼎，“真、善、美”好比鼎的三足。缺了一足，鼎就站不住。而三者之中，相互的关系又如下：“真”“善”为“美”的基础，“美”是“真”“善”的完成，“真”“善”好比人体的骨骼，“美”好比人体的皮肉。

《艺术与艺术家》

认识自己奔放的生命

涉世艰辛的我们，在现实的世界、理智的世界、密布因果网的世界里，几乎要气闷得窒息了。我们在那里一定要找求一种慰安的东西，就是艺术。在艺术中，我们可以暂时放下我们的一切压迫与担负，解除我们平日处世的苦心，而作真的自己的生活，认识自己的奔放的生命。

《童心的培养》

护生的来源，便是护心

我十年前曾作护生画集，劝人护惜生物。这画已经印了十万余册，最近又被人译作英文，推销于欧美。过去有的人说我不懂一滴水里有无数微生物，徒然劝人勿杀猪羊。有的人说我劝人勿杀苍蝇，将使虎疫[1]杀人。有的人怨我不替穷人喊救命，而为禽兽护生，这种人太浅见。仁者的护生，不是惺惺爱惜，如同某种乡里吃素老太太然。仁者的护生，不是护物的本身，是护人自己的心。故仁者有“仁术”。仁术就是不拘泥于事物，而知权变，能活用的办法。能活用护生，即能爱人。“恩足以及禽兽而功不至于百姓”的齐宣王，还是某种乡里吃素老太太之流，乃循流忘源、逐末忘本之徒。护生的本源，便是护心。

《桂林艺术讲话之一》

① 即霍乱。——编者注。

我初尝世味，
看见了所谓『社会』里的虚伪矜忿之状，
觉得成人大都已失本性，
只有儿童天真烂漫，
人格完整，
这才是真正的『人』。

孤兒院
孤儿与嬌兒
子愷畫

天造地设的缘

人生的一切，莫如“渐”

使人生圆滑进行的微妙的要素，莫如“渐”；造物主骗人的手段，也莫如“渐”。在不知不觉之中，天真烂漫的孩子“渐渐”变成野心勃勃的青年，慷慨豪侠的青年“渐渐”变成冷酷的成人，血气旺盛的成人“渐渐”变成顽固的老头子。因为其变更是渐进的，一年一年地、一月一月地、一日一日地、一时一时地、一分一分地、一秒一秒地渐进，犹如从斜度极缓的长远的山坡上走下来，使人不察其递降的痕迹，不见其各阶段的境界，而似乎觉得常在同样的地位，恒久不变，又无时不有生的意趣与价值，于是人生就被确实肯定，而圆滑进行了。

《渐》

人生由“渐”维持的

假使人生的进行不像山坡而像风琴的键板，由 do 忽然移到 re，即如昨夜的孩子今朝忽然变成青年，或者像旋律的“接离进行”地由 do 忽然跳到 mi，即如朝为青年而夕暮忽成老人，人一定要惊讶、感慨、悲伤，或痛感人生的无常，而不乐为人了。故可知人生是由“渐”维持的。

《渐》

围炉拥衾的冬夜难于想象饮冰挥扇的夏日

这真是大自然的神秘的原则，造物主的微妙的工夫！阴阳潜移，春秋代序，以及物类的衰荣生杀，无不暗合于这法则。由萌芽的春“渐渐”变成绿阴的夏，由凋零的秋“渐渐”变成枯寂的冬。我们虽已经历数十寒暑，但在围炉拥衾的冬夜仍是难于想象饮冰挥扇的夏日的心情；反之亦然。然而由冬一天一天地、一时一时地、一分一分地、一秒一秒地移向夏，由夏一天一天地、一时一时地、一分一分地、一秒一秒地移向冬，其间实在没有显著的痕迹可寻。昼夜也是如此：傍晚坐在窗下看书，书页上“渐渐”地黑起来，倘不断地看下去（目力能因了光的渐弱而渐渐加强），几乎永远可以认识书页上的字迹，即不觉昼之已变为夜。黎明凭窗，不瞬目地注视东天，也不辨自夜向昼的推移的痕迹。儿女渐渐长大起来，在朝夕相见的父母全不觉得，难得见面的远亲就相见不相识了。

《渐》

“渐”的作用，就是隐蔽时间的痕迹

“渐”的作用，就是用每步相差极微极缓的方法来隐蔽时间的过去与事物的变迁的痕迹，使人误认其为恒久不变。这真是造物主骗人的一大诡计！这有一件比喻的故事：某农夫每天朝晨抱了犊而跳过一沟，到田里去工作，夕暮又抱了它跳过沟回家。每日如此，未尝间断。过了一年，犊已渐大，渐重，差不多变成大牛，但农夫全不觉得，仍是抱了它跳沟。有一天他因事停止工作，次日再就不能抱了这牛而跳沟了。造物的骗人，使人留连于其每日每时的生的欢喜而不觉其变迁与辛苦，就是用这个方法的。人们每日在抱了日重一日的牛而跳沟，不准停止。自己误以为是不变的，其实每日在增加其苦劳！

《渐》

不可思议的时间

“渐”的本质是“时间”。时间我觉得比空间更为不可思议，犹之时间艺术的音乐比空间艺术的绘画更为神秘。因为空间姑且不追究它如何广大或无限，我们总可以把握其一端，认定其一点。时间则全然无从把握，不可挽留，只有过去与未来在渺茫之中不绝地相追逐而已。性质上既已渺茫不可思议，分量上在人生也似乎太多。因为一般人对于时间的悟性，似乎只够支配搭船乘车的短时间；对于百年的长期间的寿命，他们不能胜任，往往迷于局部而不能顾及全体。试看乘火车的旅客中，常有明达的人，有的宁牺牲暂时的安乐而让其坐位于老弱者，以求心的太平（或博暂时的美誉）；有的见众人争先下车，而退在后面，或高呼："勿要轧，总有得下去的！""大家都要下去的！"然而在乘"社会"或"世界"的大火车的"人生"的长期的旅客中，就少有这样的明达之人。

《渐》

不动之动，时辰钟是人生的最好的象征

我觉得时辰钟是人生的最好的象征了。时辰钟的针，平常一看总觉得是“不动”的；其实人造物中最常动的无过于时辰钟的针了。日常生活中的人生也如此，刻刻觉得我是我，似乎这“我”永远不变，实则与时辰钟的针一样的无常！一息尚存，总觉得我仍是我，我没有变，还是留连着我的生，可怜受尽“渐”的欺骗！

《渐》

奇妙的生活

现在回想起来，上海这地方真是十分奇妙：看似那么忙乱的，住在那里却非常安闲，家庭这小天地可与忙乱的环境判然地隔离，而安闲地独立。我们住在乡间，邻人总是熟识的，有的比亲戚更亲切；白天门总是开着的，不断地有人进进出出；有了些事总是大家传说的，风俗习惯总是大家共通的。住在上海完全不然。邻人大都不相识，门整日严扃着，别家死了人与你全不相干。故住在乡间看似安闲，其实非常忙乱；反之，住在上海看似忙乱，其实非常安闲。关了前门，锁了后门，便成一个自由独立的小天地。在这里面由你选取甚样风俗习惯的生活：宁波人尽管度宁波式的生活，广东人尽管度广东式的生活。我们是浙江石门湾人，住在上海也只管说石门湾的土白，吃石门湾式的饭菜，度

石门湾式的生活；却与石门湾相去数百里。现在回想，这真是一种奇妙的生活！

《谈自己的画》

没有缘，艺术是根本无用的

其实，与其称为“艺术的逃难”，不如称为“宗教的逃难”。因为如果没有“缘”，艺术是根本无用的。

《艺术的逃难》

天造地设的缘

一个普通平民，要在战事紧张的区域内舒泰地运出老幼五人和十余件行李，确是难得的事。我全靠一副对联的因缘，居然得到了这权利。当时朋友们夸饰为美谈。这就是某君所谓“艺术的逃难”。但当时那副对联倘不拿出去晒，赵君无由和我相见，我就无法得到这权利，我这逃难就得另换一种情状。也许更好；但也许更坏：死在铁蹄下，转乎沟壑……都是可能的事。

人真是可怜的动物！极微细的一个“缘”，例如晒对联，可以左右你的命运，操纵你的生死。而这些“缘”都是天造地设，全非人力所能把握的。

寒山子诗云："碌碌群汉子，万事由天公。"人生的最高境界，只有宗教。所以我的逃难，与其说是"艺术的"，不如说是"宗教的"。人的一切生活，都可说是"宗教的"。

《艺术的逃难》

朝夕相处，不相交语

虽然定房子那一天我已经见过这同居者的颜色，但总不敢相信人与人的相对待是这样冷淡的，楼板的效用这样大的。偶然在门间或窗际看见邻家的人的时候，我总想招呼他们，同他们结邻人之谊。然而他们的脸上有一种不可侵犯的颜色，和一种拒人的力，常常把我推却在千里之外。

尽我们租住这房子的六个月之间，与隔一重楼板的二房东家及隔一所客堂的对门的人家朝夕相见，声音相闻，而终于不相往来，不相交语，偶然在里门口或天井里交臂，大家故意侧目而过，反似结了仇怨。

《楼板》

汇丰银行的"丰"

最近在宁绍轮船里，一个钱庄商人教了我一个很简明的说法：

我上轮船，钻进房舱里，先有这个肥胖的钱庄商人在内。他照例问我“尊姓？”我说：“丰，咸丰皇帝的丰。”大概时代相隔太远，一时教他想不起咸丰皇帝，他茫然不懂。我用指在掌中空划，又说：“五谷丰登的丰。”大概“五谷丰登”一句成语，钱庄上用不到，他也一向不曾听见过。他又茫然不懂，于是我摸出铅笔来，在香烟篦上写了个“丰”字给他看，他恍然大悟似的说：“啊！不错不错，汇丰银行的丰！”

啊，不错不错！汇丰银行的确比咸丰皇帝时髦，比五谷丰登通用！以后别人问我的时候我就这样回答了。

《姓》

世间的因缘何等奇妙

这一天，邻人陶载良君备了素斋，请弘一法师到他寓中午餐。谢君和我也被邀了去。我在席上看见一个虔敬的佛徒和一个虔敬的基督徒相对而坐着，谈笑着，我心中不暇听他们的谈话，只是对着了目前的光景而冥想世间的“缘”的奇妙：目前的良会的缘，是我所完成的。但倘使谢君不著这册《理想中人》，或著而不送我，又倘使弘一法师不来我的寓中，或来而不看我书架上的书，今天的良会我也无从完成。

再进一步想，这书原来久已埋在书架的下层，倘使我的小孩子不拿出来铺铁路，或我的大女儿整理的时候不把它放在可使弘一法师随手抽着的地方，今天这良会也绝不会在世间出现。仔细想来，无论何事都是大大小小、千千万万的“缘”所凑合而成，缺了一点就不行。世间的因缘何等奇妙不可思议！—— 这是前年秋日的事。

《缘》

因误认而受敬而被骂

因误认而受敬，因误认而被骂。世间的毁誉荣辱，有许多是这样的。

《荣辱》

偶然的文章生活

故我的入师范学校是偶然的，我的学画也是偶然的，我的达到现在的生涯也是偶然的。我倘不入师范，不致遇见李叔同先生，不致学画；也不致遇见夏丏尊先生，不致学文。我在校时不会作文。我的作文全是出校后从夏先生学习的。夏先生常常指示我读什么书，或拿含有好文章的书给我看，在我最感受用。他看了我的文章，有时皱着眉头叫道："这文章有毛病呢！""这文章不是这样做的！"有时微笑点头而说道："文章好呀……"我的文章完全是在他这种话下练习起来。现在我对于文章比对于绘画等更有兴味。……现在我的生活，可说是文章的生活。这也是偶然而来的。

《旧话》

时光一去不返

所可惜者，只是时光的一去不返，不可挽留。我们好比乘坐火车，自己似觉静静地坐着，不曾走动一步，车子却载了你在那里飞奔。不知不觉之间，时时刻刻在那里减短你的前程。我曾经立意要不花钱，一天到晚坐在屋里，果然一钱也不花。我曾经立意要不费力，一天到晚躺在床里，果然一些力也不费。我曾经立意要不费电，晚上不开电灯，果然一度电也不费。我也曾经立意要不费时间，躲在床角里不动。然而壁上的时辰钟“的格的格”地告诉我，时间管自在那里耗费。于是我想，做了人真像“骑虎之势”，无法退缩或停留，只有努力地惜时光，积极地向前奋斗，直到时间的大限的来到。

《惜春》

只要生机不灭，终有抬头的日子

谁说水仙花清？它也像普通人一样，需要烟火气的。自移入灶间之后，叶子渐渐抬起头来，花苞渐渐展开。今天花儿开得很好了！阿毛送它回来，我见了心中大快。此大快非仅为水仙花。人间的事，只要生机不灭，即使重遭天灾人祸，暂被阻抑，终有抬头的日子。个人的事如此，家庭的如此，国家、民族的事也如此。

《生机》

周末快乐

现在就从学生生活着想，先举星期日为例。

凡做过学生的人，谁都能首肯，星期六比星期日更快乐。星期六快乐的原因，原是为了有星期日在后头；但是星期日的快乐的滋味，却不在其本身，而集中于星期六。

星期六午膳后，课业未了，全校已充满着一种弛缓的空气。有的人预先作归家的准备，有的人趁早作出游的计划！更有性急的人，已把包裹洋伞整理在一起，预备退课后一拿就走了。

最后一课毕，退出教室的时候，欢乐的空气更加浓重了。有的唱着歌出来，有的笑谈着出来，年幼的跳着舞出来。先生们为环境所感，在这些时候大都暂把校规放宽，对于这等骚乱佯作不见不闻。其实他们也是真心地爱好这种弛缓的空气的。

星期六晚上，学校中的空气达到了弛缓的极度。这晚上不必自修，也不被严格地监督。学生可以三三五五，各行其游息之乐。出校夜游一会也不妨，买些茶点回到寝室里吃也不妨，迟一点而睡觉也不妨。这一黄昏，可说是星期日的快乐的最中了。

《实行的悲哀》

假如人的心力再强一点

人生幸而有了无上的智慧。又不幸而得了这样短促的生命，这样藐小的身躯，这样薄弱的心力，与这样贫乏的物力，致使中人以下的俗众，慑于客观世间的强大，而俯首听命，迷真莫返。

假如自然能改良其支配，使人的生命再长一点，人的身躯再大一点，人的心力再强一点，人的物力再富一点，使人处世如乘火车，如搭轮船，那么人与世的比例相差不会这么远，就容易看到时间空间的真相，而不复为世知物欲之所迷了。

《大人》

物欲不能迷他的性，可称之为“大人”

但世间自有少数超越自然力的人，不待自然改良其支配，自能看到人生宇宙的真相。他们的寿命不一定比别人长，也许比别人更短，但能与无始无终相抗衡。他们的身躯不一定比别人大，也许比别人更小，但能与天地宇宙相比肩。他们的知识不一定比别人多，也许比别人更少，然而世事的根源无所不知。他们的物力不一定比别人富，也许比别人更贫，然而物欲不能迷他的性。这样的人可称之为“大人”。因为他自能于无形中将身心放大，而以浩劫为须臾，以天地为室庐，其住世就同乘火车、搭轮船一样。

《大人》

快乐的时间总希望其不要过得太快

人生总希望快乐。快乐的时间总希望其不要过得太快。回忆自己的学生时代，最快乐的时间是假期。星期六、星期日和纪念日小快乐，春假、年假和暑假大快乐。

这也是世间一件矛盾的怪事：平常出了钱总希望多得几分货；只有读书，出了学费只希望少上几天课。试看假期前晚的学生们的狂喜，似觉他们所希望的最好是只缴学费而永不上课。于此足见读书这件事不是平常的买卖。

《惜春》

根根有力量

五根手指倘能一致团结，成为一个拳头以抵抗外侮，那就根根有效，根根有力量，不复有善恶强弱之分了。

《手指》

惜生，是根基于人情的

惜生，是根基于人情的。

凡是人，哪一个不要活？哪一个不愿避危就安？哪一个不乐太平？不幸而至于交战，也巴不得早日灭暴，早日和平。使大家皆得安居乐业，享受“生”的欢喜。

《衣冠禽兽》

水的本性是平的

水的本性是平的。有时水中波浪起伏，这是受了风吹的原故，是暂时的变态。风定了，水仍归于平。有时水点向上喷射，这是施了人工的原故，不是水的本来状态。人工拆毁了，水仍归于平。

火的本性是向上的。有时烛火动摇不定，这是受了风吹的原故，是暂时的变态。把窗子关了，烛火自然稳定向上。有时火光向下，像电灯，这是施了人工的原故，不是火的本来状态。人工不用了，火还是一直向上。

人的本性是爱好和平的；人的本性是向上为善的，正同水火一样。不爱和平而以杀人放火为乐，不肯向上而以堕落为荣，是人性的暂时的变态，不是人的本性。而且只限于少数人。

《欢迎和平之神》

速成未必可喜

然我始终相信“缘”的神秘。所以堂也取名“缘缘”。人生的事是复杂的，便是因为“缘”神秘之故。速成未必可喜，磨折未必可悲，也是因为有“缘”在当间活动之故。此语意味深长，倘一时不信，时间会证实它的可靠。

《致夏宗禹信》

孩子的哭是有用的

他们好像为生活而拼命奋斗的劳动者，决不辞劳。汗流满面时可用一双泥污的小手来揩摸，被压在凳子底下时只要哭过几声，就带着眼泪去工作了。他们真可说是“快乐的劳动者”。哭的一事，在孩子们有特殊的效用。大人们惯说：“哭有什么用？”原是为了他们的世界狭窄的原故。在孩子们的广大世界里，哭真有意想不到的效力。譬如跌痛了，只要尽情一哭，比服凡拉蒙灵得多，能把痛完全忘却，依旧遨游于游戏的世界中。又如泥人跌破了，也只要放声一哭，就可把泥人完全忘却，而热衷于别的玩具。又如花生米吃得不够，也只要号哭一下，便好像已经吃饱，可以起劲地去干别的工作了。

《谈自己的画》

暂时脱离尘世

夏目漱石真是一个最像人的人。今世有许多人外貌是人，而实际很不像人，倒像一架机器。这架机器里装满着苦痛、愤怒、叫嚣、哭泣等力量，随时可以应用。即所谓“冰炭满怀抱”也。他们非但不觉得吃不消，并且认为做人应当如此，不，做机器应当如此。

我觉得这种人非常可怜，因为他们毕竟不是机器，而是人。

他们也喜爱放弃俗念，使心地暂时脱离尘世。不然，他们为什么也喜欢休息，喜欢说笑呢？苦痛、愤怒、叫嚣、哭泣，是附着在人世间的，人当然不能避免。但请注意“暂时”这两个字，“暂时脱离尘世”，是快适的，是安乐的，是营养的。

《暂时脱离尘世》

空间的“？”

第一个“？”叫作“空间”。

我孩提时跟着我的父母住在故乡石门湾的一间老屋里，以为老屋是一个独立天地。老屋的壁的外面是什么东西，我全不想起。有一天，邻家的孩子从壁缝间塞进一根鸡毛来，我吓了一跳；同时，悟到了屋的构造，知道屋的外面还有屋，空间的观念渐渐明白了。我稍长，店里的伙计抱了我步行到离家二十里的石门城里的姑母家去，我在路上看见屋宇毗连，想象这些屋与屋之间都有壁，壁间都可塞过鸡毛。经过了很长的桑地和田野之后，进城来又是毗连的屋宇，地方似乎是没有穷尽的。从前我把老屋的壁当作天地的尽头，现在知道不然。我指着城外问大人们：“再过去还有地方么？”大人们回答我说：“有嘉兴、苏州、上海；有高山，有大海，还有外国。你大起来都可去玩。”一个粗大的“？”隐约地出现在我的眼前。回家以后，早晨醒来，躺在床上驰想：床的里面是帐，除去了帐是壁，除去了壁是邻家的屋，除去了邻家的屋又是屋，除完了屋是空地，空地完了又是城市的屋，或者是山是海，除去了山，渡过了海，一定还有地方……空间到什么地方为止呢？我把这疑问质问大姐。大姐回答我说：“到天边上为止。”她说天像一只极大的碗覆在地面上。天边上是地的尽头，这话我当时还听得懂；但天边的外面又是什么地方呢？大姐说：“不可知了。”很大的“？”又出现在我的眼前，但须臾就隐去。我且吃我的糖果，玩我的游戏吧。

《两个“？”》

时间的“？”

第二个“？”叫作“时间”。

我孩提时关于时间只有昼夜的观念。月、季、年、世等观念是没有的。我只知道一明一暗，人一起一睡，叫作一天。我的生活全部沉浸在“时间”的急流中，跟了它流下去，没有抬起头来望望这急流的前后的光景的能力。有一次新年里，大人们问我几岁，我说六岁。母亲教我：“你还说六岁？今年你是七岁了，已经过了年了。”我记得这样的事以前似曾有过一次。母亲教我说六岁时也是这样教的。但相隔久远，记忆模糊不清了。我方才知道这样时间的间隔叫作一年，人活过一年增加一岁。

《两个“？”》

孩子需要真率

在中国，我觉得孩子太少了。成人们大都热衷于名利，萦心于社会问题、政治问题、经济问题、实业问题……没有注意身边琐事、细嚼人生滋味的余暇与余力，即没有做孩子的资格。孩子们呢，也大都被唱党歌、读遗嘱、讲演、竞赛、考试、分数……弄得像机器人一样，失却了孩子原有的真率与趣味。长此以往，中国恐将全是大人而没有孩子，连婴孩也都是世故深通的老人了！

《〈读《缘缘堂随笔》〉读后感》

人生，需要趣味

譬如儿童看见月亮，说是一只银钩子。诗人也说"一钩新月挂梧桐"。儿童看见云，当它是山。诗人也说"青山断处借云连"。但儿童是真个把新月当作银钩子，有时会哭着要拿下来玩；真个把云当作山，有时会哭着要爬上去玩。艺术家则不然，他但把眼前景物如是描写，使它发生趣味，在人生中，趣味实在是一件重要的事体。如果没有趣味，件件事老老实实地、实实惠惠地做，生活就嫌枯燥。这也是人生需要艺术的原因之一。

《艺术的眼光》

儿童是真正的“人”

我作漫画由被动的创作而进于自动的创作，最初是描写家里的儿童生活相。我向来憧憬于儿童生活。尤其是那时，我初尝世味，看见了所谓“社会”里的虚伪矜忿之状，觉得成人大都已失本性，只有儿童天真烂漫，人格完整，这才是真正的“人”。

《漫画创作二十年》

我在世间，
永没有逢到像你们样出肺肝相示的人。
世间的人群结合，
永没有像你们样的彻底地真实而纯洁。

瓜車翻覆 助我者少 啖瓜者多
子愷

憧憬孩子们

憧憬孩子们

我的孩子们！我憧憬于你们的生活，每天不止一次！我想委曲地说出来，使你们自己晓得。可惜到你们懂得我的话的意思的时候，你们将不复是可以使我憧憬的人了。这是何等可悲哀的事啊！

《给我的孩子们》

你们的世界何等广大

你们的创作力，比大人真是强盛得多哩：瞻瞻！你的身体不及椅子的一半，却常常要搬动它，与它一同翻倒在地上；你又要把一杯茶横转来藏在抽斗里，要皮球停在壁上，要拉住火车的尾巴，要月亮出来，要天停止下雨。在这等小小的事件中，明明表示着你们的小弱的体力与智力不足以应付强盛的创作欲、表现欲的驱使，因而遭逢失败。然而你们是不受大自然的支配，不受人类社会的束缚的创造者，所以你的遭逢失败，例如火车尾巴拉不住，月亮呼不出来的时候，你们决不承认是事实的不可能，总以为是爹爹妈妈不肯帮你们办到，同不许你们弄自鸣钟同例，所以愤愤地哭了，你们的世界何等广大！

《给我的孩子们》

阿宝两只脚，凳子四只脚

阿宝！有一晚你拿软软的新鞋子，和自己脚上脱下来的鞋子，给凳子的脚穿了，划袜立在地上，得意地叫“阿宝两只脚，

凳子四只脚”的时候，你母亲喊着“龌龊了袜子！”立刻擒你到籐榻上，动手毁坏你的创作。当你蹲在榻上注视你母亲动手毁坏的时候，你的小心里一定感到“母亲这种人，何等煞风景而野蛮”吧！

《给我的孩子们》

我在世间，永没有逢到像你们样出肺肝相示的人

我在世间，永没有逢到像你们样出肺肝相示的人。世间的人群结合，永没有像你们样的彻底地真实而纯洁。最是我到上海去干了无聊的所谓“事”回来，或者去同不相干的人们做了叫作“上课”的一种把戏回来，你们在门口或车站旁等我的时候，我心中何等惭愧又欢喜！惭愧我为什么去做这等无聊的事，欢喜我又得暂时放怀一切地加入你们的真生活的团体。

《给我的孩子们》

悲喜交集

阿宝，我和你在世间相聚，至今已十四年了，在这五千多天内，我们差不多天天在一处，难得有分别的日子。

我看着你呱呱堕地，嘤嘤学语，看你由吃奶改为吃饭，由匍

匐学成跨步。你的变态微微地逐渐地展进，没有痕迹，使我全然不知不觉，以为你始终是我家的一个孩子，始终是我们这家庭里的一种点缀，始终可做我和你母亲的生活的慰安者。

然而近年来，你态度行为的变化，渐渐证明其不然。你已在我们的不知不觉之间长成了一个少女，快将变为成人了。

古人谓："父母之年不可不知也，一则以喜，一则以惧。"我现在反行了古人的话，在送你出黄金时代的时候，也觉得悲喜交集。

《送阿宝出黄金时代》

乐莫乐于新相知

所喜者，近年来你的态度行为的变化，都是你将由孩子变成成人的表示。我的辛苦和你母亲的劬劳似乎有了成绩，私心庆慰。

所悲者，你的黄金时代快要度尽，现实渐渐暴露，你将停止你的美丽的梦，而开始生活的奋斗了，我们仿佛丧失了一个从小依傍在身边的孩子，而另得了一个新交的知友。

"乐莫乐于新相知"；然而旧日天真烂漫的阿宝，从此永远不得再见了！

《送阿宝出黄金时代》

阿宝长大了

记得有一天，我从上海回来。你们兄弟姊妹照例拥在我身旁，等候我从提箱中取出“好东西”来分。我欣然地取出一束巧格力来，分给你们每人一包。你的弟妹们到手了这五色金银的巧格力，照例欢喜得大闹一场，雀跃地拿去尝新了。你受持了这赠品也表示欢喜，跟着弟妹们去了。

然而过了几天，我偶然在楼窗中望下来，看见花台旁边，你拿着一包新开的巧格力，正在分给弟妹三人。他们各自争多嫌少，你忙着为他们均分。在一块缺角的巧格力上添了一张五色金银的包纸派给小妹妹了，方才三面公平。他们欢喜地吃糖了，你也欢喜地看他们吃。这使我觉得惊奇。

《送阿宝出黄金时代》

联想不倒翁

我幼年时，有一次坐了船到乡间去扫墓。正靠在船窗口出神观看船脚边层出不穷的波浪的时候，手中拿着的不倒翁失足翻落河中。

我眼看它跃入波浪中，向船尾方面滚腾而去，一刹那间形影俱杳，全部交付与不可知的渺茫的世界了。我看看自己的空手，又看看窗下的层出不穷的波浪，不倒翁失足的伤心地，再向船后面的茫茫白水怅望了一会，心中黯然地起了疑惑与悲哀。我疑惑不倒翁此去的下落与结果究竟如何，又悲哀这永远不可知的命运。它也许随了波浪流去，搁住在岸滩上，落入于某村童的手中；也许被鱼网打去，从此做了渔船上的不倒翁；又或永远沉沦在幽暗的河底，岁久化为泥土，世间从此不再见这个不倒翁。

《大账簿》

遐想的铜板

袋里摸出来一把铜板，分明个个有复杂而悠长的历史。钞票与银洋经过人手，有时还被打一个印，但铜板的经历完全没有痕迹可寻。它们之中，有的曾为街头的乞丐的哀愿的目的物；有的曾为劳动者的血汗的代价；有的曾经换得一碗粥，救济一个饿夫的饥肠；有的曾经变成一粒糖，塞住一个小孩的啼哭；有的曾经参与在盗贼的赃物中；有的曾经安眠在富翁的大腹边；有的曾经安闲地隐居在毛厕的底里；有的曾经忙碌地兼备上述的一切的经历。且就中又有的恐怕不是初次到我的袋中，也未可知。这些铜板倘会说话，我一定要尊它们为上客，恭听它们历述其漫游的故事。

《大账簿》

饭粒的问号

吃饭的时候，一颗饭粒从碗中翻落在我的衣襟上。我顾视这颗饭粒，不想则已，一想又惹起一大篇的疑惑与悲哀来：不知哪一天哪一个农夫在哪一处田里种下一批稻，就中有一株稻穗上结着煮成这颗饭粒的谷。这粒谷又不知经过了谁的刈、谁的磨、谁的舂、谁的粜，而到了我们的家里，现在煮成饭粒，而落在我的衣襟上。

这种疑问都可以有确实的答案；然而除了这颗饭粒自己晓得以外，世间没有一个人能调查、回答。

《大账簿》

世间事物的真相，只有孩子们最能明确

天地间最健全的心眼，只是孩子们的所有物；世间事物的真相，只有孩子们能最明确、最完全地见到。

我比起他们来，真的心眼已经被世智尘劳所蒙蔽，所斲丧，是一个可怜的残废者了。我实在不敢受他们“父亲”的称呼，倘然“父亲”是尊崇的。

《儿女》

心为神明与星辰、艺术与儿童所占据

近来我的心为四事所占据了：天上的神明与星辰，人间的艺术与儿童，这小燕子似的一群儿女，是在人世间与我因缘最深的儿童，他们在我心中占有与神明、星辰、艺术同等的地位。

《儿女》

儿童的生活是天真的、健全的、活跃的

回想过去四个月的悠闲宁静的独居生活，在我也颇觉得可恋，又可感谢。然而一旦回到故乡的平屋里，被围在一群儿女的中间的时候，我又不禁自伤了。因为我那种生活，或枯坐、默想，或

钻研、搜求，或敷衍、应酬，比较起他们的天真、健全、活跃的生活来，明明是变态的、病的、残废的。

《儿女》

年纪愈小，他的世界愈大

成人的世界，因为受实际的生活和世间的习惯的限制，所以非常狭小苦闷。孩子们的世界不受这种限制，因此非常广大自由。年纪愈小，他的世界愈大。

《谈自己的画》

孩子们的“忘我”

他们干无论什么事都认真而专心，把身心全部的力量拿出来干。哭的时候用全力去哭，笑的时候用全力去笑，一切游戏都用全力去干。干一件事的时候，把这事以外的一切别的事统统忘却。一旦拿了笔写字，便把注意力全部集中在纸上。纸放在桌上的水痕里也不管，衣袖带翻了墨水瓶也不管，衣裳角拖在火钵里燃烧了也不管。

一旦知道同伴们有了有趣的游戏，冬晨睡在床里的会立刻从被窝钻出，穿了寝衣来参加；正在换衣服的会赤了膊来参加；正在洗浴的也会立刻离开浴盆，用湿淋淋的赤身去参加。被参加的团体中的人们对于这浪漫的参加者也恬不为怪，因为他们大家把全精神沉浸在游戏的兴味中，大家入了“忘我”的三昧境，更无余暇顾到实际生活上的事及世间的习惯了。

《谈自己的画》

对孩子的“热爱”

我同一般青年父亲一样，疼爱我的孩子。我真心地爱他们：他们笑了，我觉得比我自己笑更快活；他们哭了，我觉得比我自己哭更悲伤；他们吃东西，我觉得比我自己吃更美味；他们跌一跤，我觉得比我自己跌一跤更痛……我当时对于我的孩子们，可说是“热爱”。

《〈子恺漫画选〉自序》

亲近孩子

我家孩子产得密，家里帮手少，因此我须得在教课之外帮助照管孩子，就像我那时有一幅漫画中的“兼母之父”一样。我常常抱孩子，喂孩子吃食，替孩子包尿布，唱小曲逗孩子睡觉，描图画引孩子笑乐；有时和孩子们一起用积木搭汽车，或者坐在小凳上“乘火车”。

我非常亲近他们，常常和他们共同生活。这“亲近”也是这些画材所由来。

《〈子恺漫画选〉自序》

由热爱而亲近

由于“热爱”和“亲近”，我深深地体会了孩子们的心理，发现了一个和成人世界完全不同的儿童世界。

儿童富有感情，却缺乏理智；儿童富有欲望，而不能抑制。因此儿童世界非常广大自由，在这里可以随心所欲地提出一切愿望和要求：房子的屋顶可以要求拆去，以便看飞机；眠床里可以要求生花草，飞蝴蝶，以便游玩；凳子的脚可以给穿鞋子；房间里可以筑铁路和火车站；亲兄妹可以做新官人和新娘子；天上的月亮可以要它下来……

成人笑他们“傻”，称他们的生活为“儿戏”，常常骂他们“淘气”，禁止他们“吵闹”。这是成人的主观主义看法，是不理解儿童心理的人的粗暴态度。

我能热爱他们，亲近他们，因此能深深地理解他们的心理，而确信他们这种行为是出于真诚的，值得注意的，因此兴奋而认真地作这些画。

《〈子恺漫画选〉自序》

儿童苦，大人全不知

我近来深感于世间为儿童者的苦痛。这是明显的事实：试看现在的家庭里，桌子都比小孩子的头高，椅子都是小孩子所坐不着的，门都是小孩子开不着的，谈的话与做的事都是小孩子所听不懂又感不到兴味的。设身处地地想来，假如我们大人到了这样一个设备不称身而言行莫名其妙的异人的家庭里去生活，我们当感到何等的苦痛！这是儿童苦的证据，也是大人虐待小孩子的证据。我回想所见的大多数的家庭，为父母者差不多全然不承认小孩子在家庭里的地位，一切日常生活诸事，都以大人自己为本位，把小孩子当作附属物，全不参考小孩子的意见，顾到小孩子的方便，或征求小孩子的同意。

《〈儿童的年龄性质与玩具〉译者序言——儿童苦》

隔重楼板隔重山

当时我并不敢确信“板”的效用如是其大，只是被母亲这“呸”字压倒了。后来我在上海租住房子，才晓得这句古典语的确是至理名言。“隔重楼板隔重山”，上海的空间的经济，住家的拥挤，隔一重板，简直可有交通断绝而气候不同的两个世界，“板”的力竟比山还大。

《楼板》

培养全新的、纯洁的心

然则所谓培养童心，应该用甚样的方法呢？总之，要处处离去因袭，不守传统，不顺环境，不照习惯，而培养其全新的、纯洁的“人”的心。对于世间事物，处处要教他用这个全新的、纯洁的心来领受，或用这个全新的、纯洁的心来批判选择而实行。

认识千古的大谜的宇宙与人生的，便是这个心。得到人生的最高的法悦的，便是这个心。这是儿童本来具有的心，不必父母与先生教他。只要父母与先生不去摧残它而培养它，就够了。

《童心的培养》

人类之初，天生成是和平的、爱的

人类之初，天生成是和平的、爱的。故小孩子天生成有艺术的态度的基础。小孩子长大起来，涉世渐深，现实渐渐暴露，儿时所见的美丽的世界渐渐破产，这是可悲哀的事。等到成人以后，或者为各种“欲”所迷，或者为“物质”的困难所压迫，久而久之，以前所见的幸福的世界就一变而为苦恼的世界，全无半点“爱”的面影了。

《童心的培养》

艺术教育就是和平的、爱的教育

我们在世间，倘只用理智的因果的头脑，所见的只是万人在争斗倾轧的修罗场，何等悲惨的世界！日落，月上，春去，秋来，只是催人老死的消息；山高，水长，都是阻人交通的障碍物；鸟只是可供食料的动物，花只是结果的原因或植物的生殖器。而且更有大者，在这样的态度的人世间，人与人相对都成生存竞争的敌手，都以利害相交接，人与人之间将永无交通，人世间将永无和平的幸福、“爱”的足迹了。故艺术教育就是和平的教育、爱的教育。

《童心的培养》

助长其适宜者，修正其过分者

我所谓培养，就是做父母、做小学先生的人，应该乘机助长、修正他们的对于事物的看法。助长其适宜者，修正其过分者。最是十岁左右，渐知人事的时光，是紧要的一个关头。

《童心的培养》

凡人间社会里所有的现状，
在车厢社会中都有其缩图。
故我们乘火车不必看书，
但把车厢看作人间世的模型，
足够消遣了。

鶯殘好夢無尋處
廿四年八月
子愷畫
あさきゆめみじ

快乐在期盼中

世间真是一大欢乐场

一年四季住在看惯了的屋中，一旦看到这广大而变化无穷的世间，觉得兴味无穷。我巴不得乘火车的时间延长，常常嫌它到得太快，下车时觉得可惜。我欢喜乘长途火车，可以长久享乐。最好是乘慢车，在车中的时间最长，而且各站都停，可以让我尽情观赏。我看见同车的旅客个个同我样地愉快，仿佛个个是无目的地在那里享乐乘火车的新生活的。我看见各车站都美丽，仿佛个个是桃源仙境的入口。其中汗流满背地扛行李的人，喘息狂奔的赶火车的人，急急忙忙地背着箱笼下车的人，拿着红绿旗子指挥开车的人，在我看来仿佛都干着有兴味的游戏，或者在那里演剧。世间真是一大欢乐场，乘火车真是一件愉快不过的乐事！

《车厢社会》

世间一切枯燥无味

以前上车总要拣个靠窗的好位置，现在不拘，但求有得坐。以前在车中不绝地观赏窗内窗外的人物景色，现在都不要看了，一上车就拿出一册书来，不顾环境的动静，只管埋头在书中，直到目的地的到达。为的是老乘火车，一切都已见惯，觉得这些千篇一律的状态没有什么看头。不如利用这冗长无聊的时间来用些功。但并非欢喜用功，而是无可奈何似的用功。每当看书疲倦起来，就埋怨火车行得太慢，看了许多书才走得两站！这时候似觉一切乘车的人都同我一样，大家焦灼地坐在车厢中等候到达。

看到凭在车窗上指点谈笑的小孩子，我鄙视他们，觉得这班初出茅庐的人少见多怪，其浅薄可笑。有时窗外有飞机驶过，同车的人大家立起来观望，我也不屑从众，回头一看立刻埋头在书中。

总之，那时我在形式上乘火车，而在精神上仿佛遗世独立，依旧笼闭在自己的书斋中。那时候我觉得世间一切枯燥无味，无可享乐，只有沉闷、疲倦，和苦痛，正同乘火车一样。

《车厢社会》

心境一变，环境也变

心境一变，以前看厌了的东西也会从新有起意义来，仿佛

"温故而知新"似的。最初乘火车是乐事，后来变成苦事，最后又变成乐事，仿佛"返老还童"似的。最初乘火车欢喜看景物，后来埋头看书，最后又不看书而喜欢看景物了。

《车厢社会》

"前面很空"

同是买一张票的，有的人老实不客气地躺着，一人占有了五六个人的位置。看见找寻坐位的人来了，把头向着里，故作鼾声，或者装作病人，或者举手指点那边，对他们说："前面很空，前面很空。"和平谦虚的乡下人大概会听信他的话，让他安睡，背着行李向他所指点的前面去另找"很空"的位置。

《车厢社会》

"那边也好坐"

有的人教行李分占了自己左右的两个位置，当作自己的卫队。若是方皮箱，又可当作自己的茶几。看见找坐位的人来了，拼命埋头看报。对方倘不客气地向他提出："对不起，先生，请你的箱子放在上面了，大家坐坐！"他会指着远处打官话拒绝他："那边也好坐，你为什么一定要坐在这里？"说过管自看报了。和平谦虚的乡下人大概不再请求，让他坐在行李的护卫中看报，抱着孩子向他指点的那边去另找“好坐”的地方了。

《车厢社会》

“这里有人”

有的人没有行李，把身子扭转来，教一个屁股和一支大腿占据了两个人的坐位，而悠闲地凭在窗中吸烟。他把大乌龟壳似的一个背部向着他的右邻，而用一支横置的左大腿来拒远他的左邻。这大腿上面的空间完全归他所有，可在其中从容地抽烟、看报。逢到找寻坐位的人来了，把报纸堆在大腿上，把头钻出窗外，只作不闻不见。

还有一种人，不取大腿的策略，而用一册书和一个帽子放在自己身旁的坐位上。找坐位的人倘来请他拿开，就回答他说“这里有人”。和平谦虚的乡下人大概会听信他，留这空位给他那“人”坐，扶着老人向别处去另找坐位了。找不到坐位时，他们就把行李放在门口，自己坐在行李上，或者抱了小孩，扶了老人站在 W.C. 的门口。

查票的来了，不干涉躺着的人，以及用大腿或帽子占坐位的人，却埋怨坐在行李上的人和抱了小孩扶了老人站在 W.C. 门口的人阻碍了走路，把他们骂脱几声。

《车厢社会》

车厢也是个社会

总之，凡人间社会里所有的现状，在车厢社会中都有其缩图。故我们乘火车不必看书，但把车厢看作人间世的模型，足够消遣了。

《车厢社会》

人生好比乘车

前天同一位朋友从火车下来，出车站后他对我说了几句新诗似的东西，我记忆着。现在抄在这里当作结尾：

人生好比乘车：
有的早上早下，
有的迟上迟下，
有的早上迟下，
有的迟上早下。
上了车纷争坐位，
下了车各自回家。
在车厢中留心保管你的车票，
下车时把车票原物还他。

《车厢社会》

难忘的江之岛

樱花和红叶，是日本有名的“春红秋艳”。我在日本滞留的那一年，曾到各处欣赏红叶。记得有一次在江之岛，坐在红叶底下眺望大海，饮正宗酒。其时天风振袖，水光接天；十里红树，如锦如绣。三杯之后，我浑忘尘劳，几疑身在神仙世界了。

《我译〈源氏物语〉》

击鼓传花

我父亲中举人后，科举就废。他走不上仕途，在家闲居终老。每逢春秋佳日，必邀集亲友，饮酒取乐。席上必行酒令。我还是一个孩童，有些酒令我不懂得。懂得的是“击鼓传花”。其法，叫一个不参加饮酒的人在隔壁房间里敲鼓。主人手持一枝花，传给邻座的人，依次传递，周流不息。鼓声停止之时，花在谁手中，谁饮酒。传花时非常紧张，每人一接到花，立刻交出，深恐在他手中时鼓声停止。击鼓的人，必须隔室，防止作弊。有的击鼓人很有技巧：忽而缓起来，好像要停止，却又响起来；忽而响起来，好像要继续，却突然停止了。持花的人就在一片笑声中饮酒。有时正在交代之际，鼓声停止了。两人大家放手，花落在地上。主人就叫这二人猜拳，输者饮酒。

《酒令》

开化的世间，不通行用武力的

我想：世间人与人的对待，小的是个人对个人，大的是团体对团体。个人对待中最小的是小孩对小孩，团体对待中最大的是国家对国家。

在文明的世间，除了最小的和最大的两极端而外，人对人的交涉，总是用口的说话来讲理，而不用身体的武力来相打的。例如要掠夺，也必用巧妙的手段；要侵占，也必立巧妙的名义：所谓“攻击”也只是辩论，所谓“打倒”也只是叫喊。故人对人虽怀怨害之心，相见还是点头握手，敷衍应酬。虽然也有用武力的人，但“君子开口，小人动手”，开化的世间是不通行用武力的。

其中唯有最小的和最大的两极端不然：小孩对小孩的交涉，可以不讲理，而通行用武力来相打；国家对国家的交涉，也可以不讲理，而通行用武力来战争。战争就是大规模的相打。可知凡物相反对的两极端相通似，或相等。

《儿戏》

追求生的欢喜

闻到隔壁人家饭香，攀住了自家的冷灶头而哭着向娘要白米饭吃。看见邻家的孩子吃火肉粽子，丢掉了自己手里的硬蚕豆而嚷着：“也要！”老子落脱了饭碗头回家，孩子抱住了他带回来的铺盖而喊："爸爸买好东西来了！"老棉絮被头上了当铺，孩子抱住了床里新添的稻柴束当洋囡囡玩。讨饭婆背上的孩子捧着他娘的髻子当皮球玩，向着怒骂的不布施者嘤嘤地笑语。——我们看到了这种苦况而发生同情的时候，最感触目伤心的不是穷的大人的苦，而是穷的小孩的苦。

《穷小孩的跷跷板》

小孩被打被骂全不知道

大人们知道被骂被打的苦痛，还能呻吟、叫喊、挣扎、抵抗；小孩们却全不知道，只解嘻笑，绝不生嗔。这不是世间最凄惨的状态吗？

《穷小孩的跷跷板》

剃头，可以反过来看

平日看到剃头，总以为被剃者为主人，剃者为附从。故被剃者出钱雇用剃头司务，而剃头司务受命做工；被剃者端坐中央，而剃头司务盘旋奔走。

但绘画地看来，适得其反：剃头司务为画中主人，而被剃者为附从。因为在姿势上，剃头司务提起精神做工，好像雕刻家正在制作，又好像屠户正在杀猪。而被剃者不管是谁，都垂头丧气地坐着，忍气吞声地让他弄，好像病人正在求医，罪人正在受刑。

《野外理发处》

假期好像一只宽紧带结成的袋子

我幼时在暑假的前几天感觉非常欢喜，好像有期徒刑的囚犯将被开释似的。又怀抱着莫大的希望，忙里偷闲地打算假期中的生活，整理假期中所要看的书籍。

我想象五六十天的假期，似觉时光非常悠长，有无数的事件好干，无数的书可读，有无数时光可以和弟弟共戏，还有无数的余闲可和邻家的小朋友玩耍。本学期中欠熟达的功课，满望在这悠长的假期中习得完全精通。平日所希望修习而无暇阅读的书籍，在假期前都特地买好，满望在这悠长的假期中完全读毕。还有在教科书里看到的种种科学玩意儿，在校因没有时间和工具而未曾试作的，也都挑选出来，抄写在笔记簿上，满望在悠长的假期中完全作成，和弟弟们畅快地玩耍。

五六十天的假期，在我望去好像一只宽紧带结成的袋子，不拘多少东西，尽管装得进去。

《惜春》

工作一小时，得益一小时

我经验了几次如意算盘的失败之后，才知道凡事须靠现在努力工作。

现在工作一小时，得益一小时，工作二小时，得益二小时。与其费心于未来的预期，不如现在拿这点工夫来用功。

以后每逢假期，我不再准备假期工作。遵守西洋格言 Work while work，play while play[①]的教训，我预备玩过一暑假。却不意在暑假中也看完了几部小说。开学时回顾，好像得了一笔意外的收入，格外愉快。

《惜春》

闻一以知十

我确信了这理由之后，就像“回也闻一以知十”一般，推想到世间大小、高低、长短、厚薄、广狭、肥瘦，以至贫富、贵贱、苦乐、劳逸、美丑、贤惠，都不是绝对的，都是由“比较”而来的。而且“比较”之力伟大得极，一切人生的不满足也都是由于比较而生。

《比较》

---

① 该工作时认真工作，该玩时痛快地玩。——编者注。

人世间一切的满足都由于“比较”而来

后来我并没有到西洋去，但也并不急急想去。假如去了，我知道最初一定很满足，但不久一定又要感到其他的不满。因为科学的企图、艺术的理想、文明的要求、人生的欲望，在世间决没有完全实现的地方。人世间一切的满足都由于“比较”而来，一切的不满足也都由“比较”而生。

《比较》

谁谓荼苦

“谁谓荼苦”在“比较”之下“其甘如荠”。反转来说，“谁谓荠甘”？在“比较”之下“其苦如荼”。人的生活，有了“等差”，便有“比较”；有了“比较”，便有“苦乐”；有了“苦乐”，便有“问题”。

《比较》

快乐在期盼中

进一步看，爱的欢乐也是如此。男子欲娶未娶，女子欲嫁未嫁的时候，其所感受的欢喜最为纯粹而十全。到了实行娶嫁之后，前此之乐往往消减，有时反而来了不幸。西人言“结婚是恋爱的坟墓”恐怕就是这“实行的悲哀”所使然的吧？

富贵之乐也是如此。欲富而刻苦积金，欲贵而努力钻营的时候，是其人生活兴味最浓的时期。到了既富既贵之后，若其人的人性未曾完全丧尽，有时会感懊丧，觉得富贵不如贫贱乐了。

《实行的悲哀》

世事之乐不在于实行而在于希望

现在回想，世事都同风景一样。世事之乐不在于实行而在于希望，犹似风景之美不在其中而在其外。身入其中，不但美即消失，还要生受苍蝇、毛虫、啰唣与肉麻的不快。世间苦的根本就在于此。

《实行的悲哀》

越是聪明，应该越是谦虚

一个人越是聪明，应该越是谦虚，越是守规则。

列宁小时候，在学校里成绩最好，但他绝不看轻同学，他常常早半小时到学校，用这时间来帮助同学补习数学。上课的时候，他最坐得端正，最守规则。（将来你学会俄文，可在教科书里读到。）我们都要向他看齐。

《致宋菲君信》

做旧诗，学古人的格式

做旧诗是好的，但我们只能学古人的文体“格式”，不可学古人的“思想”。（例如隐居、纵酒、颓废、多愁、悲观等，都不可学。）毛主席也做旧诗词，但思想是全新的。你以后倘有空做旧诗，也要如此。

《致宋菲君信》

眼睛是精神的嘴巴

我们用嘴巴吃食物，可以营养肉体；我们用眼睛看美景，可以营养精神。——营养这一点是相同的。

譬如看见一片美丽的风景，心里觉得愉快；看见一张美丽的图画，心里觉得欢喜。这都是营养精神的。所以我们可以说：嘴巴是肉体的嘴巴，眼睛是精神的嘴巴——二者同是吸收养料的器官。

《图画与人生》

作乐崇德

音乐既是精神的食粮，其影响于人生的力当然很大。良好的音乐可以陶冶精神，不良的音乐可以伤害人心。故音乐性质的良否，必须审慎选择。譬如饮料，牛乳的性质良好，饮了可使身体健康；酒的性质不良，饮了有害身体。音乐也如此，高尚的音乐能把人心潜移默化，养成健全的人格；反之，不良的音乐也会把人心潜移默化，使他不知不觉地堕落。故我们必须慎选良好的音乐，方可获得陶冶之益。古人说，“作乐崇德”。就是因为良好的音乐，不仅慰安，又能陶冶人心，而崇高人的道德。学校中定音乐为必修科，其主旨也在此。所以说，音乐对于个人是益友而兼良师。

《音乐与人生》

我相信一个人的童心，
切不可失去。
大家不失去童心，
则家庭、社会、国家、世界，
一定温暖、和平而幸福。

靜看簷蛛結網低無端
妨礙小蟲飛蜻蜓倒掛
蜂兒窘催喚山童為解圍
子愷畫

不忘根本

心已移交于秋了

我的年岁上冠用了“三十”二字，至今已两年了。

不解达观的我，从这两个字上受到了不少的暗示与影响。

虽然明明觉得自己的体格与精力比二十九岁时全然没有什么差异，但“三十”这一个观念笼在头上，犹之张了一顶阳伞，使我的全身蒙了一个暗淡色的阴影，又仿佛在日历上撕过了立秋的一页以后，虽然太阳的炎威依然没有减却，寒暑表上的热度依然没有降低，然而只当得余威与残暑，或霜降木落的先驱，大地的节候已从今移交于秋了。

《秋》

使心地暂时脱离尘世的诗

夏目漱石的小说《旅宿》(日本名《草枕》)中有一段话:"苦痛、愤怒、叫嚣、哭泣，是附着在人世间的。我也在三十年间经历过来，此中况味尝得够腻了。腻了还要在戏剧、小说中反复体验同样的刺激，真吃不消。我所喜爱的诗，不是鼓吹世俗人情的东西，是放弃俗念，使心地暂时脱离尘世的诗。"

《暂时脱离尘世》

克己复礼为仁

《论语》中有这样的一段:"颜渊问仁。子曰:'克己复礼为仁。一日克己复礼，天下归仁焉。为仁由己，而由人乎哉?'颜渊曰:'请问其目。'子曰:'非礼勿视，非礼勿听，非礼勿言，非礼勿动。'颜渊曰:'回虽不敏，请事斯语矣。'"

克己，就是克制自己的私欲。复礼，就是归复于天理的学然。仁是十全的德行。"克己复礼为仁"，就是说"克制私欲，顺从天理，便是十全的德行"。

世间一切缺陷与罪恶，皆由私欲横行违背天理而来。换言之，皆由"非礼"而来。

所以颜渊请问克己复礼的细目，孔子回答他说"非礼勿视、听、言、动"。

换言之，凡不合天理的，不视不听不言不动。从正面说：视听言动都要合乎天理。天理就是上天创造人世的本意。这句话你倘嫌宗教气，不妨换句话说，天理就是正义、人道。

譬如汉奸，为了一己的私利而残杀同胞，不合正义，非礼之至！譬如法西斯军阀，为了一己的野心而荼毒生灵，违反人道，非礼之极！反过来说，抗战英雄见义敢为，杀身成仁，合乎正义，“礼也”。不杀无辜，优待俘虏，合乎人道，礼也。“礼也”就是“艺术的”。

《艺术必能建国》

不忘根本的杨柳

我赞杨柳美丽，但其美与牡丹不同，与别的一切花木都不同。

杨柳的主要的美点，是其下垂。花木大都是向上发展的，红杏能长到“出墙”，古木能长到“参天”。向上原是好的，但我往往看见枝叶花果蒸蒸日上，似乎忘记了下面的根，觉得其样子可恶；你们是靠它养活的，怎么只管高据在上面，决不理睬它呢？

你们的生命建设在它上面，怎么只管贪图自己的光荣，而决不回顾处在泥土中的根本呢？

花木大都如此。甚至下面的根已经被斫，而上面的花叶还是欣欣向荣，在那里作最后一刻的威福，真是可恶而又可怜！

《杨柳》

高而能下的杨柳

杨柳没有这般可恶可怜的样子：它不是不会向上生长。它长得很快，而且很高；但是越长得高，越垂得低。千万条陌头细柳，条条不忘记根本，常常俯首顾着下面，时时借了春风之力，向处在泥土中的根本拜舞，或者和它亲吻。好像一群活泼的孩子环绕着他们的慈母而游戏，但时时依傍到慈母的身边去，或者扑进慈母的怀里去，使人看了觉得非常可爱。

杨柳树也有高出墙头的，但我不嫌它高，为了它高而能下，为了它高而不忘本。

《杨柳》

相见不如想象

读过我的文章，看过我的儿童漫画，而没有见过我的人，大都想象我是一个年轻而好玩的人。等到一见我，一个长胡须的老头子，往往觉得奇怪而大失所望。这样的人，我遇到过不知几百十次了。我自己也常常觉得奇怪，为什么我使他们奇怪?

想了一想，我明白了。我的身体老大起来，而我的心还是同儿童时代差不多。因此身心不调和，使人看了奇怪。

《我与〈新儿童〉》

情愿做“老儿童”

我相信一个人的童心，切不可失去。大家不失去童心，则家庭、社会、国家、世界，一定温暖、和平而幸福。所以我情愿做“老儿童”，让人家去奇怪吧。

《我与〈新儿童〉》

从小不吃肉

我从小不吃肉，猪牛羊肉一概不要吃，吃了要呕吐。三四岁以前，本来是要吃的，肥肉也要吃。但长大起来，就不要吃了。原因何在，不得而知。大约是生理关系，仿佛牛马羊不要吃荤，只要吃草。

我母亲喜欢吃肉。她推己及人，担心我不吃肉身体不好，曾经将肥肉切成小粒，用豆腐皮包好，叫我吞下去。我遵命。但入胃不久，即觉异样，终于呕吐，连饭也吐光。

母亲灰心了，于是我成了一个不食肉者，连鸡鸭也不要吃，只能吃鱼虾。

《食肉》

其甘如荠

有一次我在一位老先生家便饭。席上鱼肉之外有青菜和豆腐。老先生知道我不吃肉，请我吃豆腐和青菜。但我一看，豆腐和青菜中都加些肉屑，我竟不能下箸。向主人讨些生豆腐，加些麻油酱油，津津有味地吃了一餐饱饭。旁人都说奇怪。谁谓荼苦，其甘如荠呀！

《食肉》

应得的肉，“总送给别人吃”

我曾在杭州第一师范做住宿生。饭厅里每桌七人，每餐四菜一汤，其中必有一碗肉。七块肉排列在上，底下是青菜。我应得的一块肉，总是送别人吃，六人轮流受用。因此同学们都喜欢和我同桌。有时星期日约同学出外聚餐，我总拉他们到功德林、素香斋。他们也说素菜好吃，然而嫌它营养不良。

《食肉》

阿三中头彩

大年夜前几天，大家准备过年的时候，上海传来消息，白鸽票开彩了。歪鲈婆阿三的一条，正中头彩。他立刻到手了五百块大洋，（那时米价每担二元半，五百元等于二百担米。）变成了一个富翁。咸鲞店里的小麻子听到了这消息，用手在自己的麻脸上重重地打了三下，骂了几声“穷鬼”。歪鲈婆阿三没有家，此时立刻有人来要他去“招亲”了。这便是镇上有名的私娼俞秀英。俞秀英年约二十余岁，一张鹅蛋脸生得白嫩，常常站在门口卖俏，勾引那些游蜂浪蝶。她所接待的客人全都是有钱的公子哥儿，豆腐司务是轮不到的，但此时阿三忽然被看中了。俞秀英立刻在她家里雇起四个裁缝司务来，替阿三做花缎袍子和马褂。限定年初一要穿。四个裁缝司务日夜动工，工钱加倍。

到了年初一，歪鲈婆阿三穿了一身花缎皮袍皮褂，卷起了衣袖，在街上东来西去，大吃大喝，滥赌滥用。几个穷汉追随他，问他要钱。他一摸总是两三块银洋。有的人称他“三兄”“三先生”“三相公”，他的赏赐更丰。那天我也上街，看到这情况，回来告诉我母来。正好豆腐店的主妇定四娘娘在我家闲谈。母亲对定四娘娘说：“把阿三脱下来的旧衣裳保存好，过几天他还是要穿的。”

《歪鲈婆阿三》

木铳阿三

住在凉棚底下的一个老太婆叫作莫五娘娘。这莫五娘娘有三个儿子，大儿子叫莫福荃，在市内开一爿杂货店，生活裕如。中儿子叫莫明荃，是个游民，有人说他暗中做贼，但也不曾破过案。小儿子叫木铳阿三，是个戆大，不会工作，只会吃饭。莫五娘娘打木铳阿三，是一出好戏，大家要看。莫五娘娘手里拿了一根棍子，要打木铳阿三。木铳阿三逃，莫五娘娘追。快要追上了，木铳阿三忽然回头，向莫五娘娘背后逃走。莫五娘娘回转身来再追，木铳阿三又忽然回头，向莫五娘娘背后逃走。这样地表演了三五遍，莫五娘娘吃不消了，坐在地上大哭。看的人大笑。此时木铳阿三逃之杳杳了。这个把戏，每个月总要表演一两次。

《四轩柱》

勉人为善，说理精当

抗日战争期间，我避寇居重庆，有一次乘轮东下，到酆都去游玩。入市一看，土地平旷，屋舍俨然，行人熙来攘往，市容富丽繁华，非但不像阴间，实比阳间更为阳间。尤其是那地方的人民，态度都很和气，对我这来宾殷勤招待。据他们说，此间气候甚佳，冬暖夏凉。团体机关，人事都很和谐，绝少有纠纷摩擦。天时、地利、人和，此间兼而有之，我颇想卜居于此。

我与当地诸君谈及外间的谣言，皆言可笑。但据说当地确有一森罗殿，即阎王殿，备极壮丽。当年香火甚盛，今则除极少数乡愚外，无有参拜者。仅有老道二三人居留其中，作为古迹看守

而已。诸君问我要去参观否，我欣诺。彼等预先告我，入门时勿受泥塑木雕所惊。我跨进殿门，果有一活无常青面獠牙，两眼流血，手执破扇，向我扑将过来，其头离我身不及一尺。我进内，此活无常即起立，不复睬我。盖门内设有跷跷板，活无常装置在一端也。记得我乡某庙亦有此装置，吓死了一个乡下老太，就拆毁了。此间则还是当作古迹保存。其中列坐十殿阎王，雕塑非常精美，显然不是近代之物。当作佛教美术参观，颇有意味。殿内匾额对联甚多。我注意到两联，至今不忘。其一曰："为恶必灭，若有不灭，祖宗之遗德，德尽必灭；为善必昌，若有不昌，祖宗之遗殃，殃尽必昌。"其二曰："百善孝当先，论心不论事，论事天下无孝子；万恶淫为首，论事不论心，论心天下无完人。"前者提倡命定论，措词巧妙。后者勉人为善，说理精当。

《酆都》

何谓"柴主人"

我的故乡石门湾虽然是一个人口不满一万的小镇，但是附近村落甚多，每日上午，农民出街做买卖，非常热闹，两条大街上肩摩踵接，推一步走一步，真是一个商贾辐辏的市场。我家住在后河，是农民出入的大道之一。多数农民都是乘航船来的，只有卖柴的人，不便乘船，挑着一担柴步行入市。

卖柴，要称斤两，要找买主。农民自己不带秤，又不熟悉哪家要买柴。于是必须有一个“柴主人”。他肩上扛着一支大秤，给每担柴称好分量，然后介绍他去卖给哪一家。柴主人熟悉情况，知道哪家要硬柴，哪家要软柴，分配各得其所。卖得的钱，农民九五扣到手，其余百分之五是柴主人的佣钱。农民情愿九五扣到手，因为方便得多，他得了钱，就好扛着空扁担入市去买物或喝酒了。

《阿庆》

阿庆的二胡

我家一带的柴主人，名叫阿庆。此人姓什么，一向不传，人都叫他阿庆。阿庆是一个独身汉，住在大井头的一间小屋里，上午忙着称柴，所得佣钱，足够一人衣食，下午空下来，就拉胡琴。他不喝酒，不吸烟，唯一的嗜好是拉胡琴。他拉胡琴手法纯熟，各种京戏他都会拉。当时留声机还不普遍流行，就有一种人背一架有喇叭的留声机来卖唱，听一出戏，收几个钱。商店里的人下午空闲，出几个钱买些精神享乐，都不吝惜。这是不能独享的，许多人旁听，在出钱的人并无损失。阿庆便是旁听者之一。但他的旁听，不仅是享乐，竟是学习。他听了几遍之后，就会在胡琴上拉出来。足见他在音乐方面，天赋独厚。

《阿庆》

浔阳江头的琵琶，恐怕不及阿庆的胡琴

夏天晚上，许多人坐在河沿上乘凉。皓月当空，万籁无声。阿庆就在此时大显身手。琴声宛转悠扬，引人入胜。浔阳江头的琵琶，恐怕不及阿庆的胡琴。因为琵琶是弹弦乐器，胡琴是摩擦弦乐器。摩擦弦乐器接近于肉声，容易动人。钢琴不及小提琴好听，就是为此。中国的胡琴，构造比小提琴简单得多。但阿庆演奏起来，效果不亚于小提琴，这完全是心灵手巧之故。

《阿庆》

摸彩

我的母亲从乡下来。有一天我陪她到游戏场去玩。看见有一个摸彩的摊子，前面有一长凳，我们就在凳上坐着休息一下。

看见有一个人走来摸彩，出一角钱，向筒子里摸出一张牌来：“热水瓶一个。”此人就捧着一个崭新的热水瓶，笑嘻嘻地走了。随后又有一个人来，也出一角钱，摸得一只搪瓷面盆，也笑嘻嘻地走了。

我母亲看得眼热，也去摸彩。第一摸，一粒糖；第二摸，一块饼干；第三摸，又是一粒糖。三角钱换得了两粒糖和一块饼干，我们就走了。

后来，我们兜了一个圈子，又从这摊子面前走过。我看见刚才摸得热水瓶和面盆的那两个人，坐在里面谈笑呢。

《旧上海》

“客人，茶泡好了！”

我由此联想到西湖上庄子里的茶盘：坐西湖船游玩，船家一定引导你去玩庄子。刘庄、宋庄、高庄、蒋庄、唐庄，里面楼台亭阁，各尽其美。然而你一进庄子，就有人拿茶盘来要你请坐喝茶。茶钱起码两角。如果你坐下来喝，他又端出糕果盘来，请用点心。如果你吃了他一粒花生米，就起码得送他四角。每个庄子如此，游客实在吃不消。如果每处吃茶，这茶钱要比船钱贵得多。于是只得看见茶盘就逃。然而那人在后面喊："客人，茶泡好了！"你逃得快，他就在后面骂人。真是大煞风景！所以我们游惯西湖的人，都怕进庄子去。最好是在白堤、苏堤上的长椅子上闲坐，看看湖光山色，或者到平湖秋月等处吃碗茶，倒很太平安乐。

《旧上海》

过浇

又有一种情境，也忘不了。

吃酒的对手还是老黄，地点却在上海城隍庙里。这里有一家素菜馆，叫作春风松月楼，百年老店，名闻遐迩。我和老黄都在上海当教师，每逢闲暇，便相约去吃素酒。

我的吃法很经济：两斤酒，两碗"过浇面"，一碗冬菇，一碗十景。所谓过浇，就是浇头不浇在面上，而另盛在碗里，作为酒菜。等到酒吃好了，才要面底子来当饭吃。人们喊别了，常喊作"过桥面"。这里的冬菇非常肥鲜，十景也非常入味。浇头的分量不少，下酒之后，还有剩余，可以浇在面上。我们常常去吃，后来那堂倌熟悉了，看见我们进去，就叫："过桥客人来了，请坐请坐！"现在，老黄早已作古，这素菜馆也改头换面，不可复识了。

《吃酒》

鼓凳里的酒

另有一种情境，则见于患难之中。

那年日本侵略中国，石门湾沦陷，我们一家老幼九人逃到杭州，转桐庐，在城外河头上租屋而居。那屋主姓盛，兄弟四人。我们租住老三的屋子，隔壁就是老大，名叫宝函。他有一个孙子，名叫贞谦，约十七八岁，酷爱读书，常常来向我请教问题，因此宝函也和我要好，常常邀我到他家去坐。

这老翁年约六十多岁，身体很健康，常常坐在一只小桌旁边的圆鼓凳上。我一到，他就请我坐在他对面的椅子上，站起身来，揭开鼓凳的盖，拿出一把大酒壶来，在桌上的杯子里满满地斟了两盅；又向鼓凳里摸出一把花生米来，就和我对酌。

他的鼓凳里装着棉絮，酒壶裹在棉絮里，可以保暖，斟出来的两碗黄酒，热气腾腾。就是自家酿的，色香味都上等。我们就用花生米下酒，一面闲谈。谈的大都是关于他的孙子贞谦的事。他只有这孙子，很疼爱他。说："这小人一天到晚望书，身体不好……"望书即看书，是桐庐土白。

我用空话安慰他，骗他酒吃。骗得太多，不好意思，我准备后来报谢他。但我们住在河头上不到一个月，杭州沦陷，我们匆匆离去，终于没有报谢他的酒惠。

现在，这老翁不知是否在世，贞谦已入中年，情况不得而知。

《吃酒》

钓虾的境界

最后一种情境，见于杭州西湖之畔。

那时我僦居在里西湖招贤寺隔壁的小平屋里，对门就是孤山，所以朋友送我一副对联，叫作："居邻葛岭招贤寺；门对孤山放鹤亭。"家居多暇，则闲坐在湖边的石凳上，欣赏湖光山色。每见一中年男子，蹲在岸上，向湖边垂钓。

他钓的不是鱼，而是虾。钓钩上装一粒饭米，挂在岸石边。一会儿拉起线来，就有很大的一只虾。其人把它关在一个瓶子里。于是再装上饭米，挂下去钓。钓得了三四只大虾，他就把瓶子藏入藤篮里，起身走了。

我问他："何不再钓几只？"他笑着回答说："下酒够了。"我跟他去，见他走进岳坟旁边的一家酒店里，拣一座头坐下了。我就在他旁边的桌上坐下，叫酒保来一斤酒，一盆花生米。他也叫一斤酒，却不叫菜，取出瓶子来，用钓丝缚住了这三四只虾，拿到酒保烫酒的开水里去一浸，不久取出，虾已经变成红色了。他向酒保要一小碟酱油，就用虾下酒。我看他吃菜很省，一只虾要吃很久，由此可知此人是个酒徒。

此人常到我家门前的岸边来钓虾。我被他引起酒兴，也常跟他到岳坟去吃酒。彼此相熟了，但不问姓名。我们都独酌无伴，就相与交谈。他知道我住在这里，问我何不钓虾。我说我不爱此物。他就向我劝诱，尽力宣扬虾的滋味鲜美，营养丰富。又教我钓虾的窍门。他说："虾这东西，爱躲在湖岸石边。你倘到湖心去钓，是永远钓不着的。这东西爱吃饭粒和蚯蚓。但蚯蚓龌龊，它吃了，你就吃它，等于你吃蚯蚓。所以我总用饭粒。你看，它现在死了，还抱着饭粒呢。”他提起一只大虾来给我看，我果然看见那虾还抱着半粒饭。他继续说：“这东西比鱼好得多。鱼，你钓了来，要剖，要洗，要用油盐酱醋来烧，多少麻烦。这虾就便当得多：只要到开水里一煮，就好吃了。不须花钱，而且新鲜得很。”他这钓虾论讲得头头是道，我真心赞叹。

这钓虾人常来我家门前钓虾，我也好几次跟他到岳坟吃酒，彼此熟识了，然而不曾通过姓名。有一次，夏天，我带了扇子去吃酒。他借看我的扇子，看到了我的名字，吃惊地叫道：“啊！我有眼不识泰山！”

于是叙述他曾经读过我的随笔和漫画，说了许多仰慕的话。我也请教他姓名，知道他姓朱，名字现已忘记，是在湖滨旅馆门口摆刻字摊的。下午收了摊，常到里西湖来钓虾吃酒。此人自得其乐，甚可赞佩。可惜不久我就离开杭州，远游他方，不再遇见这钓虾的酒徒了。

《吃酒》

船里吃酒

客船是我们水乡一带地方特有的一种船。

水乡地方，河流四通八达。这环境娇养了人，三五里路也要坐船，不肯步行。

客船最讲究，船内装备极好。分为船梢、船舱、船头三部分，都有板壁隔开。船梢是摇船人工作之所，烧饭也在这里。船舱是客人坐的，船头上安置什物。舱内设一榻、一小桌，两旁开玻璃窗，窗下有坐板。那张小桌平时摆在船舱角里，三只短脚搁在坐板上，一只长脚落地。倘有四人共饮，二只短脚可接长来，四脚落地，放在船舱中央。此桌约有二尺见方，叉麻雀也可以。舱内隔壁上都嵌着书画镜框，竟像一间小小的客堂。

这种船真可称之为画船。

《塘栖》

酒中三昧

且说塘栖的酒店，有一特色，即酒菜种类多而分量少。几十只小盆子罗列着，有荤有素，有干有湿，有甜有咸，随顾客选择。真正吃酒的人，才能赏识这种酒家。

若是壮士、莽汉，像樊哙、鲁智深之流，不宜上这种酒家。他们狼吞虎嚼起来，一盆酒菜不够一口。必须是所谓酒徒，才可请进来。

酒徒吃酒，不在菜多，但求味美。呷一口花雕，嚼一片嫩笋，其味无穷。这种人深得酒中三昧，所以称之为“徒”。

《塘栖》

吃酒与骂人

且说癞六伯喝时酒，喝到饱和程度，还了酒钱，提着篮子起身回家了。此时他头上的癞疮疤变成通红，走步有些摇摇晃晃。走到桥上，便开始骂人了。

他站在桥顶上，指手划脚地骂："皇帝万万岁，小人日日醉！""你老子不怕！""你算有钱？千年田地八百主！""你老子一条裤子一根绳，皇帝看见让三分！"

骂的内容大概就是这些，反复地骂到十来分钟。旁人久已看惯，不当一回事。癞六伯在桥上骂人，似乎是一种自然现象，仿佛鸡啼之类。我母亲听见了，就对陈妈妈说："好烧饭了，癞六伯骂过了。"时间大约在十点钟光景，很准确的。

《癞六伯》

"小阿官，明天再来玩"

有一次，我到南沈浜亲戚家作客。下午出去散步，走过一爿小桥，一只狗声势汹汹地赶过来。我大吃一惊，想拾石子来抵抗，忽然一个人从屋后走出来，把狗赶走了。

一看，这人正是癞六伯，这里原来是六塔村了。这屋子便是癞六伯的家。他邀我进去坐，一面告诉我："这狗不怕。叫狗勿咬，咬狗勿叫。"我走进他家，看见环堵萧然，一床 、一桌、两条板凳、一只行灶之外，别无长物。墙上有一个搁板，堆着许多东西，碗盏、茶壶、罐头，连衣服也堆在那里。他要在行灶上烧茶给我吃，我阻止了。他就向搁板上的罐头里摸出一把花生来请我吃："乡下地方没有好东西，这花生是自己种的，燥倒还燥。"我看见墙上贴着几张花纸，即新年里买来的年画，有《马浪荡》《大闹天宫》《水没金山》等，倒很好看。他就开开后门来给我欣赏他的竹园。这里有许多枝竹，一群鸡，还种着些菜。我现在回想，癞六伯自耕自食，自得其乐，很可羡慕。但他毕竟孑然一身，孤苦伶仃，不免身世之感。他的喝酒骂人，大约是泄愤的一种方法吧。

不久，亲戚家的五阿爹来找我了。癞六伯又抓一把花生来塞在我的袋里。我道谢告别，癞六伯送我过桥，喊走那只狗。他目送我回南沈浜。我去得很远了，他还在喊："小阿官！明天再来玩！"

《癞六伯》

谢菩萨

何三娘娘常常生病，生的病总是肚痛。这时候，何老三便上街去买一个猪头，扛在肩上，在街上走一转。看见人便说："老太婆生病，今天谢菩萨。"

谢菩萨又名拜三牲，就是买一个猪头、一条鱼，杀一只鸡，供起菩萨像来，点起香烛，请一个道士来拜祷。主人跟着道士跪拜，恭请菩萨醉饱之后快快离去，勿再同我们的何三娘娘为难。拜罢之后，须得请邻居和亲友吃"谢菩萨夜饭"。

这些邻居和亲友，都是送过份子的。份子者，就是钱。婚丧大事，送的叫作"人情"，有送数十元的，有送数元的，至少得送四角。至于谢菩萨，送的叫作"份子"，都是一角或至多两角。菩萨谢过之后，主人叫人去请送份子的人家来吃夜饭。然而大多数不来吃。所以谢菩萨大有好处。何老三掮了一个猪头到街上去走一转，目的就是要大家送份子。

谢菩萨之风，在当时盛行。有人生病，郎中看不好，就谢菩萨。有好些人家，外面在吃谢菩萨夜饭，里面的病人断气了。再者，谢菩萨夜饭的猪头肉烧得半生不熟，吃的人回去就生病，亦复不少。我家也曾谢过几次菩萨，是谁生病，记不清了。总之，要我跟着道士跪拜。我家幸而没有为谢菩萨而死人。我在这环境中，侥幸没有早死，竟能活到七十多岁，在这里写这篇随笔，也是一个奇迹。

《四轩柱》

吃酒图醉，放债图利

我所以不喜白酒而喜黄酒，原因很简单：就为了白酒容易醉，而黄酒不易醉。“吃酒图醉，放债图利”，这种功利的吃酒，实在不合于吃酒的本旨。吃饭，吃药，是功利的。吃饭求饱，吃药求愈，是对的。但吃酒这件事，性状就完全不同。吃酒是为兴味，为享乐，不是求其速醉。譬如二三人情投意合，促膝谈心，倘添上各人一杯黄酒在手，话兴一定更浓。吃到三杯，心窗洞开，真情挚语，娓娓而来。古人所谓“酒三昧”，即在于此。但决不可吃醉，醉了，胡言乱道，诽谤唾骂，甚至呕吐、打架。那真是不会吃酒，违背吃酒的本旨了。所以吃酒决不是图醉。所以容易醉人的酒决不是好酒。巴拿马赛会的评判员倘换了我，一定把一等奖给绍兴黄酒。

《沙坪的酒》

在莫扎特，
音乐是音的建筑，
其存在的意义仅在于音乐美。
至于贝多芬，
则音乐是他的伟大的灵魂的表征，
故更有光辉。

MOZART
緣緣堂畫箋
TK

音乐里的人生（一）

音乐神童莫扎特

莫扎特家世居巴伐利亚州。父亲是小提琴家。莫扎特生于一七五六年一月二十七日午后八时。父亲一早发现莫扎特的乐才，四岁时就教他和他的姐姐二人学音乐，曾经有一幅有名的雕刻图，画着孩提的莫扎特坐在羽管键琴（harpsichord）前面，他的姐姐手里拿着乐谱，父亲拉着小提琴在指导他们。他五岁的时候，已非常用功。有一天父亲看见他坐在琴前写五线纸。仔细一看，原来已作成一曲很好的协奏曲（concerto）。六岁时同了其姐与父亲旅行到慕尼黑、维也纳等地，颇蒙皇后的宠爱。有一次在奥皇殿前演奏。奏毕，娇小的莫扎特爬上皇后的膝上，抱住了吻她的颈，且指着美丽的皇女说："我要娶像她那样可爱的新娘。"满廷为之大笑。明年，巡游德意志南方各地。

十四岁的歌德（Goethe）听七岁的莫扎特的演奏，正是这时候的事。后渡伦敦，受乔治三世的热烈的欢迎，归途中又游巴黎、维也纳，作旅行演奏，到处受人赞颂。他的幼时的生涯真是幸福的。

他的初的歌剧《装痴作傻》（La Finta Semplice）作于一七六八年，发表后就遭妒忌者的反对；然而终于成功，他在维也纳的地位因此稳固了。此后不久，又依据卢梭的《乡村卜者》（Le Devin du Village）作他的初的德意志歌剧《巴斯蒂安与巴斯蒂安娜》（Bastien und Bastienne）。

然在维也纳终不能舒展其天才，于是父亲就命他到意大利，一七六九年归乡即旅行意大利各地。罗马教皇克雷蒙（Clement）十四世赠他骑士称号，他非常欢喜自称“骑士莫扎特”。他的有名的意大利歌剧《米特里达特》（Mitridate）在意大利的米兰反复演了二十回。巡游各地至一七七一年三月，始返故乡。

莫扎特的性格适于意大利。返国后曾两次赴米兰，在其地演奏。二十一岁时，他为了想减轻父亲的负担，于一七七七年陪了他的六十岁的母亲，出外求职。他们出门后，他父亲寄他的信中有这样的话：“你们去后，我真悲伤得很，就跑到楼上，投身在椅子里……我走到窗边，为你们两人的幸福向神祈祷。但向门外探望，已不见你们的形影了。我又茫然倒在门边椅子里……”

一七七八年他陪母亲到巴黎。这正是格鲁克（Gluck）与佩尔戈莱西（Pergolesi）关于歌剧意见争执的当儿，他受了刺激，决心学格鲁克。不久老母客死，他非常悲恸。明年，他就去巴黎。

后来他和某剧场优伶的妹妹结了婚。他的夫人颇有教育才能，又富于音乐的常识，可惜生活非常贫乏。然他的艺术竟不拘一切障碍，极度地展开了。一七八六年五月一日，《费加罗的婚礼》（Le Nozze di Figaro）在维也纳初演。明年五月，他的父亲死去。其后他据友人达·蓬特（Da Ponte）的脚本，着手作不朽的名歌剧《唐·乔瓦尼》（Don Giovanni），又名为《唐璜》（Don Juan）。上演的前夜，忽然发现序曲还不曾作，就彻夜作曲，达旦作成。其神速真可赞叹。

一七八七年十二月，被任为宫廷作曲家，然俸给甚微，其爱妻常生病，又生了许多孩子，生活极为局促。在这逆境中，他作出有名的《g 小调交响曲》，及《朱庇特交响曲》。一七九〇年，又受皇帝命作《女人心》（Così fan Tutte）。

莫扎特的后一年，是收入最丰的一年。这一年，《狄托的仁慈》（La Clemenza di Tito）于九月六日上演。大作《魔笛》（Die Zauberflöte）亦于九月三十日上演，在十月中反复演了二十四次。《魔笛》完成后，他的最后的全部精力就集注于《安魂曲》（Requiem），终于死在《安魂曲》中：一七九一年七月，忽有一不相识的人来请求莫扎特作一《安魂曲》，不言姓名而去。莫扎特对于“安魂曲”很有兴味，就埋头作曲。是年十二月四日曲成。但这时候他的身体精神均已衰败，自念这送殡曲不知究为谁作？疑这请求者是“死的使者”，就起自悼之心，这晚上一点钟他的灵魂竟离开了肉体而去。后来调查，方才晓得这请求者是当时某伯爵的家仆。这伯爵意欲拿莫扎特的曲来冒充自己的作品，所以密遣家仆来请求。不料这诈伪的艺术家的虚荣心，竟促成了不世的天才的早死！

《世界大音乐家与名曲》

莫扎特平时的态度，常常和平而快活。但无论在最高兴的时候，他的心中常在想念事物。无论正式对人谈话的时候，随便对人谈话的时候，总是心中一边想，一边说话。他走路的时候，默想更深。朝晨，盥洗的时候，他绝不立刻洗好，总是一边在室中漫步、默想，或对人说话，一边盥洗。他坐在食桌旁边的时候，总是用手卷弄桌毡的一角面默想，同时唇微微启动，似乎独自在说甚么话。他的手和足不绝地在那里动作，有时抚摩甚么东西，有时轻轻地叩打。例如自己的帽子、时表、桌子、椅子、洋琴，凡是手足所接触的东西，他总欢喜轻轻地抚弄。

剃头时，游戏时，甚至听音乐时，他的心中常在考虑自己的作曲。据他的夫人说，他的作曲同写信一样，旋律滔滔不息地从他的手上流出。《唐·乔瓦尼》的序曲，在开演的前一天还没作成，是在一晚中赶作起来的。想来这曲的腹稿一定早已蓄在他的胸中，那一晚不过写出而已。《唐·乔瓦尼》开演的前一晚，莫扎特通夜不眠，写完这序曲。

《近世十大音乐家》

附：莫扎特名曲

（1）G 大调第十四号弦乐四重奏

近代音乐上器乐的创始者是海顿（Haydn），这先觉事业的第一个追从者是莫扎特。莫扎特一生的事业，多在于歌剧方面，器乐原是其第二种事业。但现在不说歌剧，而专论其器乐。器乐中可直接追随海顿的，是弦乐四重奏。莫扎特自己也说："我比海顿更懂得弦乐四重奏的作法。"现在所举的一曲，正是一七八五年他献给他的真实的朋友海顿的。这是六曲弦乐四重奏中的第一曲。此曲作于一七八一年，经过苦心的修改，至一七八五年始完成而奉献于海顿，这经过在其献词中可以窥知，献词有"长久而辛苦的劳作的结果"之语。

第一乐章，很快的活泼的快板（Allegro vivace assai）。活泼而充足元气，又极甘美，不妨标题为“春的弦乐四重奏”。

第二乐章，小步舞曲，小快板（Minuetto，Allegretto），形体稍变，一部分是内在的曲，一部分为自由而狂想无定的曲。莫扎特的中段（trio）富有一种特殊的阴郁的趣味。

第三乐章，如歌的行板（Andante cantabile），徐缓，其一节似祈祷歌，句句有感激而虔敬的音调。

终章，很快的快板（Allegro molto），为全曲中最高的部分。弹到这乐章每感到一种奇异之感，有一节从华丽的第二主题中跳出，犹如从长梦中觉醒。

全曲恪守严格的形式，又为生动自由的感情的源泉，实是可惊的作曲手腕。

（2）降 E 大调钢琴与管乐五重奏

这是莫扎特二十八岁时的作曲，又是其毕生最重要的作品之一。在五重奏中，极少有配置这样巧妙的乐曲。瓦格纳曾评：“此曲中的乐器似皆有灵魂，各器尽量发挥着其本质。”这曲的特征，是屏除管乐中普通最重要的长笛（flute）而仅有钢琴（piano）、双簧管（oboe）、单簧管（clarinet）、圆号（horn）、大管（fagott）五种乐器。其中所用的钢琴有时奏主部，有时司伴奏，分两种职司。试听第一乐章即可明白。

第一乐章：广板；中庸的快板（Largo；Allegro moderato）。为热情的流露的一节，不似普通用第一第二两主题相对照而作曲，隔一有延声记号的休止符，立刻转入第二乐章的小广板。

第二乐章：小广板（Larghetto），有由两部合成的主题。第一部为谐谑、飘逸的调子，由钢琴弹出；第二部为强力而决定的调子，由铜管乐器奏出，两部相对照。归于最初的主题后，又展出新境，听者似觉眼前有一大群人，作追逐、遁逃、揶揄、谑笑、胁迫、祈愿、滑稽等种种变化的姿态。此后的乐部不是前部的连续，是一种叙事曲（ballade）风的乐曲。其表现既无积极的要素，又无飘逸、轻妙的要素。

第三乐章：回旋曲，小快板（Rondo，Allegretto）。以上的飘逸、优秀、平安的情调，到此相融合，由钢琴弹出。第二主题由铜管乐器奏出。全曲充溢着温和的精神的力。

（3）g 小调第三号弦乐五重奏

这曲最尽量发挥着莫扎特的本质。

第一乐章快板（Allegro）始终是小音阶的，第一第二两主题都是 g 小调，故无音阶上的对照。内中只有一次转向大音阶的方向，豁然开朗，不久又立刻归于原来的小音阶，第一主题强力，为用颤音装饰的半音阶风格的主题，泛溢着强烈的感情。第二主题锐利，为超绝言语的悲哀的音调，使人听了不易忘却。曲中有刺激的八分音符像伴奏一样地连发，为热情的内在的一节。

第二乐章小步舞曲，小快板（Minuetto，Allegretto），从盛怒与热情突发，用弱奏与强奏为点彩。与第一乐章显然对照。忽然展出短而锐的乐节，即其大调的中段（trio）。这是别的朴素的生活的一面。前曲的刺激的要素，在这里再现。

第三乐章不过分慢的柔板（Adagio ma non troppo），是潜在于莫扎特心中的悲哀的吐露，他的美而弱的心的反映。其独奏部尤为欷歔之声。中途忽然一转而变成华丽轻快的旋律。第一乐章中的刺激的八分音符的旋律再由伴奏弦乐器奏出。

终章柔板，快板（Adagio，Allegro），先由徐缓的序节荡荡地流出，这是与前章的对照。同时又有锐利的音乐雄辩地诉说着。于是出现大调的一部，再归于原来的小调。

（4）g 小调第四十交响曲

这是莫扎特三大交响乐之一。三大者，即 g 小调、降 E 大调及朱庇特交响曲（或 C 大调交响曲）。三曲都是一七八八年夏的作曲。两个月的短时间内作成这三大杰作，非神童的天才不办。莫扎特所作交响曲共有四十九曲，就中以此三曲为极品。

此曲是于一七八八年七月十五日至二十五日的十日间作成，真可谓神速之至了！舒伯特（Schubert）评这曲："你们可在这曲中听到天使们的歌。"自来多数伟大的作曲家，对于这 g 小调交响曲表示无限的尊敬。

这曲是一个长笛（flute）、两个双簧管（oboe）、两个大管（basson）、两个圆号（horn）和弦乐合奏的曲。后来又加用单簧管（clarinet）。

第一乐章很快的快板（Allegro molto），是严格的奏鸣曲形式（sonata form）。主题由小提琴（violin）奏出，用中提琴（viola）伴奏。向第二主题的连结乐句，为莫扎特的独特的作风，于此可窥见他的天才的光辉。第二主题为降 B 大调，仍由弦乐器导出，后由双簧管与大管接住而进行。自由的幻想部，系由第一主题织出。以后第一第二两主题反复，其连接句比以前的连接句更为延长。

第二乐章行板（Andante）也是严格的奏鸣曲形式。仍由弦乐导出第一主题，作激越的翱翔。对照的第二主题为秀美的旋律，亦由弦乐器演奏。其发展的幻想部甚短，亦从第一主题织出。用严格的法则，反复第一第二两主题。

第三乐章小步舞曲（Minuetto）是世间最闻名的乐曲。可代表这 g 小调交响曲。G 大调的中段先由弦乐器用最弱音奏出，次由木管乐器承受，终用圆号吹奏。这乐章对于前章的对照，全由这中段作成。

终章快板（Allegro），是第一乐章的激越的热情的反复。第一主题由十六小节成立，这十六小节又分二部反复。第二主题由弦乐器导出，为降 B 调，第一主题又由木管乐器奏出。其次为发展部，其发展部由第一主题的第一乐思展出，反复曲终。

（5）C 大调第四十一交响曲（朱庇特）

这也是三大交响曲之一。莫扎特在夏天的六个星期中作成这三大交响曲。这时候他正赤贫如洗，夫人又重病。为了生活不得不滥作各种舞蹈曲。这三大杰作也在这当儿产出，真可谓奇迹。

这交响曲的第四乐章用复调音乐（polyphony）的对位法（counterpoint）作曲，其主题非常强力，听来好像大神朱庇特（希腊神话中最高位的神，司雷电）的雷音。因此通称为《朱庇特交响曲》。

第一乐章活泼的快板（Allegro vivace），为严格的奏鸣曲形式。没有序奏曲。第一主题由两部分成立。第一部分是用弦乐奏的锐而又静的乐曲。第二部分为华丽欢喜的进行曲风的乐曲。第二主题也分两部分。第一部分为滑稽风的旋律，一直发展到第二部分的自由幻想部的主题。以后第一第二两主题反复，以短的终结部告终。

第二乐章行板（Andante），最美的主题由变奏曲（variation）作成。这是海顿、莫扎特时代所流行的办法。莫扎特惯用有两个显著的对象的主题。第一主题是小提琴上加了弱音器（sordino）而奏出的平和满足的音调。这美丽的旋律次用大管接引，又有双簧管续起，末了用长笛奏，是为第二主题。

第三乐章小步舞曲（Minuetto）极为华美。莫扎特一生沉沦在不幸与穷困中，而能作出这样幸福的、梦一般的音乐，实为不可思议之事。

终章很快的快板（Allegro molto），是《朱庇特交响曲》中的高潮点。由四主题用对位法（复调音乐作曲法）组成，曲终处亦用终结部，这是很困难的作曲，又是很悦耳的音乐，尤其是这第四乐章常给听者以流畅、平滑之感。

（6）降 E 大调第三十九交响曲

这也是三大交响曲之一。全曲除了第二乐章以外，都是平和快乐的莫扎特风的音乐。

第一乐章柔板，小快板（Adagio，Allegretto）。经过徐缓而简短的柔板之后，由小提琴奏出静而美的小快板。第二主题也是上品的美丽的如歌的（cantabile）旋律，由小提琴与单簧管分奏。展开部甚为简短，大体根据第二主题。

第二乐章行板（Andante）。前半由两主题成立，均有沉重的感情。后半为激烈而热情的主题。终了为优美的和弦分解的演奏，利用大管处甚多。

第三乐章小步舞曲（Minuetto）。开始为快活的音调。他的中段的旋律用单簧管吹奏，伴奏的第二单簧管音节单纯，而发美丽的琶音（arpeggio），这正是莫扎特的独特的作曲法。

终章快板（Allegro）。由幻想、愉快的主题开始。第二主题亦极明快。经了两主题的喧嚣活泼的展开，而全曲告终。

《世界大音乐家与名曲》

“人生短，艺术长”，音乐的英雄贝多芬

十八世纪末，欧洲出了一大英雄：出身于孤岛，乘法兰西革命风云而即皇帝位，以其威力威撼全欧罗巴的大拿破仑的名字，凡读过西洋史的人，恐怕没有一人不晓得。然而我们不可忘记，同时代在德国又出了一位比拿破仑更大的精神的英雄，其人就是贝多芬（1770—1827）。

倘没有拿破仑，今日的世界的地图——至少欧罗巴洲的地图—— 也许色彩要变更；地图上的色彩无论怎样变更，人类的思潮总是向着当然的方向而前进的。但倘没有了贝多芬，《第三交响曲》（英雄）、《第五交响曲》（田园），以及雄大至极的《第九交响曲》（合唱）一定永不出现了。“人生短，艺术长。”拿破仑或被忘却，贝多芬永远不死。

贝多芬的伟大，绝不在于仅为一音乐家。他有人生的苦闷，与确凿的美丽的灵魂。他是心的英雄，他的音乐，实在是这英雄心的表现。在莫扎特（Mozart），音乐是音的建筑，其存在的意义仅在于音乐美。至于贝多芬，则音乐是他的伟大的灵魂的表征，故更有光辉。即莫扎特的音乐是感觉的艺术，贝多芬的音乐则是灵魂的艺术。

在音乐史上，贝多芬是继海顿、莫扎特之后，作古典音乐与浪漫音乐的桥梁的。他在音乐上不但占有重要的地位，其辛酸的全生涯亦常可使人感动 。他在一切音乐家中最为孤独，他用傲岸的气质与绝大的自负心来同世界见面。他反对仅仅讨人欢喜的艺

术，与女性气的趣味，而耽其冥想于音乐的最深的世界中。

贝多芬于一七七〇年十二月十七日生于莱茵河流域中最古的都市波恩（Bonn）地方。他的祖父原是比利时人，于二十岁时，即一七三二年，因为与其母冲突，出奔到波恩，就生聚于此。故严格地说来，贝多芬不是纯粹的德意志人。

他的父亲是一酒徒，其酒癖从祖母遗传下来。贝多芬幼时常常从警察手中接受他们所扶来的泥醉的父亲。贝多芬的聋疾，实在源于父的酒癖。因为如此，家计甚困，他的父亲常常拿家具衣服去换酒喝。

然而这父亲也能看出贝多芬的乐才，他听见当时的神童莫扎特受社会称赞，也想把儿子养成第二个莫扎特。故贝多芬幼时不得游戏，被父亲严课钢琴（piano）。一七七八年三月二十六日，父亲在报纸上登一广告，“六岁的小儿演奏音乐”，是为要惊人而故意瞒脱两岁的。故贝多芬在四十岁以前，年龄少算两岁，是为这原故。

一七八七年春，到维也纳访问莫扎特。在他面前据他所指定的主题而弹奏幻想曲。莫扎特一见就认识他的天才，曾说：“留心他！不久他要骚扰世界呢！”母死，父益放荡，贝多芬就代替父亲当家，看管二弟，于是非作职业的教授与演奏不可。幸当时有勃罗宁格（Breuning）一家敬爱他，为他的青年时代的慰藉。勃罗宁格夫人同母亲一样爱护他，又教他文学与诗的趣味。贝多芬也教她的女儿学音乐。热情的音乐家与多情的小女，当然容易发生恋爱。然而终于没有成功。贝多芬一生没有结婚，然为他的恋爱的对象的女性，不乏其人。

贝多芬的致命的悲运，始于一七九六年夏季。到了一八〇〇年，听觉更加不利，连剧场中的歌声都听不清楚，而观剧必坐在舞台前的第一行上。这时候他的艺术生涯还没有达到一半，而音的世界渐渐同他隔绝。

他常自叹运命的悲惨，同时他又立誓与运命奋斗，于一八〇〇年就有《降E大调七重奏》（作品二十）与《第一交响曲》产生了。这时候他正在与一伯爵的女儿朱丽叶塔恋爱。标题为《月光奏鸣曲》的有名的《升c小调奏鸣曲》（作品二十七），便是奉献于那少女的。

一八〇二年作《第二交响曲》。翌年，作第三的《英雄交响曲》。这曲他本来是想赠给当时的大英雄拿破仑的；后来闻知拿破仑戴了皇帝的冠，贝多芬立刻把曲谱撕破，不要发表了。然他的友人们因为这曲的音乐很好，就劝他改题为“纪念某伟大的英雄而作”，流传于世。

一八〇六年他与“不朽的恋人”特莱莎·布伦斯维克订婚约。《热情奏鸣曲》就是赠于这女子的兄的。在这恋爱期间，他作《命运交响曲》及《田园交响曲》。然到了一八一〇年，不知为什么理由，婚约又破。贝多芬又归于孤独，而野性的力比以前更强。这时候完成了《第七》与《第八》两交响曲。

《世界大音乐家与名曲》

贝多芬所经验的苦恼与悲痛中，最残惨的是他的耳疾。他是在何时罹着耳疾的，或者生来耳有病的，不大明白晓得。唯他底早有耳疾的苦痛，是多数的传记者所一致承认的事实。他自己认明聋疾的前兆而写信告诉友人，是一七九八年的事。委身于音的艺术的人罹着失听觉的疾病，在我们想想也觉得是极可悲痛的。维也纳的人民醉心于他底音乐，他自己却不能听见！

《近代二大乐圣的生涯与艺术》

一八二四年，他指挥自己的最后交响曲：第九的《合唱交响曲》，听众大声喝彩，他竟全听不到，这最伟大的作品，乃在全聋以后作出，真是不可思议的事。此后他的死迫近了。他在维也纳卧病。到一八二七年的三月二十六日，这英雄在暴风雨中长逝。

《世界大音乐家与名曲》

附：贝多芬的名曲

（1）月光奏鸣曲，作品二十七，第二，升c小调

关于《月光奏鸣曲》的有名的逸话——贝多芬某夜散步市外，见农家有盲目少女在月光下弹琴，就即座为此盲目少女奏月光曲——英文读本中也曾载入，差不多是人人知道的美谈。

这是贝多芬对其恋人朱丽叶塔的诉衷情曲，初版上分明注着“奉献于朱丽叶塔”字样。曲的开头有“非常纤细弹奏”的附注，全曲是叙情诗的完璧。

第一乐章，稍慢的柔板（Adagio sostenuto），从容而清轻，如梦一般。全无变化，只是一片音的流荡。唯小九度音程时时跃出，表示郁勃之情，静中有无限的悲哀。

第二乐章，小快板（Allegretto），是小步舞曲，简短而快速。李斯特（Liszt，钢琴大王）评这乐章为“两深渊间的花”。罗曼·罗兰说犹如“远听的农夫的歌”。实则是贝多芬自己对于朱丽叶塔的失恋的悲歌。急板之后，乐势愈趋激烈。这热情的、辛酸的、焦灼的一段，被评为贝多芬作品中最美的部分。

终章，激动的急板（Presto agitato），充溢着最深刻的感情。《月光奏鸣曲》并非全靠标题与逸话而有名。其本身根基于极巧妙的心理学的联结而构成。故弹奏者非常容易上手，听者亦容易了解，自然成为世界所欢迎之曲。

这曲中每乐章终处，该有 Attacca subito（不间断地继续下去）的记号，欲使第一第二第三的三乐章密切联络；又从小节至小节

的发展，差不多都是数乐思的反复，这就是其苦心结构的地方。罗曼·罗兰说：“拿终曲来同开头数小节相比较，又拿柔板的部分来同急板的部分相对照，即可明白其全曲结构的用意。”

（2）悲怆奏鸣曲，作品十三，c 小调

《悲怆奏鸣曲》的标题“悲怆”，也不是贝多芬自己所定的。别人在贝多芬的作曲草本中发现此曲，在维也纳出版。“悲怆”的标题，恐是发现者或出版者所擅定。然因此曲的引子由悲哀的、戏剧的主题出发，冠用“悲怆”的标题，并无乖谬，故音乐家沿用此名称。

引子，庄板（Grave）。第一乐章，充满活力的很快的快板（Allegro di molto con brio）。第二乐章，如歌的柔板（Adagio cantabile）。第三乐章，回旋曲（Rondo）。第二乐章的柔板有神秘的宗教的静寂，使人联想教会中的风琴手所弹的诗篇歌的情趣。第三乐章的回旋曲类似初期作品。这回旋曲不似第一乐章的轩昂明净，而尽量发表着退省的情调。不用小步舞曲或谐谑曲，是这奏鸣曲的特点。

（3）热情奏鸣曲，作品五十七，f 小调

这“热情”也不是贝多芬自己所定的标题。然而与前述的《悲怆奏鸣曲》不同，颇能充分表白全曲的内容。因为这曲自首至尾，全部充溢着热情。贝多芬自己定名为“热情”的乐曲，另外也有两首，即作品一百零六与一百十一。然那两曲倒不及这

《热情奏鸣曲》的激烈可怖。某评家谓“此曲犹似大地迸裂、爆发，以其喷出物冲击苍天”。贝多芬自己也曾向人这样说：“欲理解此曲，须先读莎士比亚的《暴风雨》（Tempest）。”

第一乐章，很快的快板（Allegro assai）。第二乐章，稍快的行板，带变奏（Andante con moto，with variation）。第三乐章，终章，不太快的快板（Allegro ma non troppo）。自第一乐章至终章，可说全部是“音的暴风雨”。然暴风雨的中间也有暂时休止的部分，即其行板（Andante，第二乐章）。这行板的沉静中，潜伏着可怖的祸根，处处是恶意的沉静。

这曲与后述的《华尔斯坦奏鸣曲》同属于第二期作品。作于一八〇四年。由细弱而简单的二三小节作成两个旋律，以这旋律为酵母而酿成全曲，其大胆的发展与组织，显然比莫扎特的作曲手法高出数步了。

（4）华尔斯坦奏鸣曲，作品五十三，C 大调

华尔斯坦是三十年战争时的有名的将军兼大政治家的子孙，住居维也纳，为华尔斯坦伯爵。贝多芬作此曲奉呈于这华尔斯坦伯爵，因此名为《华尔斯坦奏鸣曲》。出版者因此曲太长，就把其中最精品的行板一章取出，发行为单行本，而用别的短曲代替这行板加入大曲中。现今这行板反比全曲风行，一般好乐者都爱弹这行板。现在也仅介绍这一乐章。

这曲是奉呈于华尔斯坦的。贝多芬在这曲中描写着华尔斯坦的性格与事迹。尤其是在这行板中，历历显示着写实的痕迹。为当时占星学泰斗的华尔斯坦的仰观天象，凝神默想的情境，及其华丽的贵族生活的侧面，在这曲中明白地描摹着。最初出现的主题，是观象台的夜的光景。庄严而静寂的气象，肃瑟逼人。独立在观象台上的观测者的冥想沉思的状况，历历如在目前。

忽然乐流一转，变出一排变奏曲（并非主题的发展）。华尔斯坦的——贝多芬自己的——一种想象或感情，在这里更加发展，达于高潮。似乎有无数的天体在无限的太空中默默回转，对于现世的人类的运命操着不可思议的伟力。

其次是沉重而兴奋未息的八度（octave）的乐段。所表现的似是自己的生涯中的种种事迹的记忆。——他的烦闷、苦楚、失败、成功，一切不能自主而为天上星辰所操的运命，在这记忆中反复回想着。

最后显然是主题的反复。这悲哀的小音阶的乐段，是对于人生问题的大谜的永远的哀求。其中有一段合唱风格的乐段，似乎是对于一切时间与一切空间的“何时存在”“何故存在”“如何存在”的不可解的大疑问的永远反复的呼号声。

（5）英雄交响曲，作品五十五，降 E 大调

贝多芬共作九部大交响曲，这《英雄交响曲》是第三部，故又名《第三交响曲》。

这交响曲作于一八〇二年之秋，是贝多芬为赞美拿破仑而作的。作曲的笔时时中绝，至一八〇四年而完成。据他的好友欣德勒（Schindler）的记述，贝多芬是柏拉图的《理想国》的爱读者。

当时他听说英雄拿破仑为法兰西谋自由共和的幸福，崇仰不已。就作这曲，拟从德意志送去，献给这大英雄。

后来拿破仑即了法兰西皇帝位。贝多芬得了这报告，立刻把这稿子撕破，抛在地板上。后来他的朋友们可惜这很好的乐曲的埋没，劝他发表，就当作赞美一个理想的英雄而作的曲。于一八〇五年四月七日初演。明年十月出版的时候，曲上这样题着：

纪念一伟人而作的英雄交响曲

1. 充满活力的快板（Allegro con brio）（第一乐章）

2. 葬礼进行曲：很慢的柔板（Marcia funèbre：Adagio assai）（第二乐章）

3. 谐谑曲：活泼的快板；中段（Scherzo：Allegro vivace；trio）（第三乐章）

4. 终章：很快的快板（Finale：Allegro molto）（第四乐章）

后来拿破仑被流放到圣赫勒拿岛上的时候，贝多芬说，这曲的第二乐章的送葬曲是在十七年前暗示其运命的。这曲的作法，第二乐章描写死，第三乐章快活而谐谑，第四乐章像庆祝胜利似地有精力。各乐章的相关的说明，自来有好几种说法，就中瓦格纳（Wagner）的解释最为近理。瓦格纳说这四乐章是活力、悲剧、清澄与爱的表现。然而解释总不过是臆测，不是绝对的。从英雄的贝多芬的生涯与乐风的全体上看来，对于这曲不可用这种偏狭的具象的解说，应该看作英雄心的音乐的表现。换言之，这就是

“音乐的英雄”贝多芬自己的心的表现。

第一乐章开始由大提琴奏出，第一提琴与中提琴随之而进。继续二十四小节后，与之对照的切分法（syncopation）旋律在各乐器上次第轮流。其次木管乐器奏出，非常幽静。不久即变成急速的渐强（crescendo），切分法又出现。曲的后半，有双簧管与大提琴相对称的新旋律出现，大部分是主题的展开。

第二乐章柔板（Adagio），有近于送葬曲的极悲哀的部分，又极美丽。其谐谑曲（scherzo）用双簧管与弦乐器的弱奏（pianissimo）。这谐谑曲前面五小节的旋律非常奇特，不像旋律。到了第九小节，方才有像谐谑曲的轻快的乐句。第一部完结之后，续出的第二部前半，也大部分是很弱（pianissimo）的神秘的演奏。后来有很强（fortissimo）的突然爆发。其主题近似于第一乐章的切分法的旋律。到了三声中段（trio）方展出愉快的音调。

最后乐章用华彩乐段（cadenza）形式，由属音（dominant）的七和弦开始，次奏出拨奏（pizzicato）的第一主题。这主题成为基调，变化而进行。第一主题比第二主题有精力而华丽。其次第一主题作成严格的对位法，终曲为充溢欢喜的很强的急板（Presto fortissimo）。

《英雄》交响曲有关于大名鼎鼎的拿破仑的逸话，最为一般人所感得兴味。

（6）命运交响曲，作品六十七，c 小调

《命运》在九大交响曲中排第五，故又名《第五交响曲》。这是贝多芬的交响曲中的最优秀的代表作，通称为“伟大的第五”。此曲完成于一八〇七年，一八〇八年十二月二十二日与后述的《第六交响曲》同时初演。一八〇七年在贝多芬是一生中最悲惨的时期，耳聋疾已经确定绝望，对“不朽的恋人”特莱莎的婚约又破坏。种种悲惨的运命在他胸中酿成一部交响乐的构想，爆发而为这“伟大的第五”。

贝多芬对于自己所遭逢的悲惨的运命，不绝地勇敢地战斗。他给友人的信中曾经这样说：“我已决心和自己的运命尽力战斗。无论如何不愿我自己破灭。”在这里明白表示他的精神。他的可怕的灰白色的运命，就是这交响曲的第一乐章的主乐思。他自己曾经说“这主乐思就是运命的叩门”。贝多芬诞生百年祭的时候（一八七〇年），开演这《命运交响曲》，瓦格纳曾经有这样的演说：“这是伟人的稀世的杰作。悲哀的感情在曲的开头成了基音而流出。然其经流中亦有浅滩与深渊。有时一轻而成抚慰的音调；有时竟用全音阶翱翔，而表出胜利的得意与欢喜……”

第一乐章，有生气的快板（Allegro con brio），没有序奏，第一主题（即上述的主乐思）直接由弦乐与单簧管奏出。这主乐思仅由四个单音成立。其实这全乐章皆从这四个音组织而成。第五十二小节之后，出现第二主题。第二主题由圆号吹奏。移入第一主题的变奏曲部分，更由小提琴导入渐强（cresc.）的终结。其次为第一第二两主题的反复，现出自由的幻想部。又次为最初五十二小节的“运命主乐思”的发展。由小提琴奏出第二主题后又转为木管乐器与弦乐器的会话体的乐段。再用小提琴与双簧管奏出第一主题的慢板，改用强力的弦乐，然后用圆号奏出第二主题。末后又把“运命的主乐思”的发展反复一遍，第一乐章告终。

第二乐章，稍快的行板（Andante con moto），为管弦乐曲中最美的乐曲。作者在这乐章中表现慰安与平和。第一主题由中提琴与大提琴开始，加以木管乐器，移入弦乐全体的合奏。第二主题为单簧管与大管的乐部，用小提琴与低音提琴的拨奏为轻快的伴奏。又用双簧管、圆号反复。其次为十六分音符的变奏曲五十八小节，用大提琴与中提琴演奏，用拨奏的弦乐伴奏。

其次为第二主题的变奏曲，用中提琴开始，第二变奏部全用三十二分音符，第三变奏部为a小调，用木管乐器及小提琴以外的弦乐的拨奏为伴奏。其作曲法名为分解和弦（broken chord）。第二主题没有发展部。分解和弦就是隔着中断的休止符而并列的和弦，有轻松的感情。

第三乐章，谐谑曲和中段（Scherzo and Trio），是极神秘的乐曲。法兰西大音乐家柏辽兹曾经说：“这乐章是不可思议之曲。最初数节其实并不可怖，但似有人用磁力的眼光向我们凝视，使人觉得非常可怕。”

这不可思议的数小节由大提琴与低音提琴演出。稍稍变化反复之后，圆号又表出别的新的观念。这是运命的主乐思的再现，暗示贝多芬对于运命的动作。

其次，主题的三声中段由低音提琴奏出，柏辽兹评之为“巨象的跳舞”。又次，开头的乐段用渐弱（dim.）反复，谐谑曲的主题由大提琴与低音提琴奏出，最后部分为定音鼓（kettle-drum）

应用的适例。

第四乐章，终章（Finale），快板（Allegro），为大胜利的祝歌。在这里明白表示贝多芬的脱出运命的桎梏。起初由定音鼓与小提琴导入，主题由全体管弦乐奏出。又转调，由木管乐器与圆号引导，第一提琴奏出美丽优雅的第二主题，用第一提琴与大提琴为伴奏。其次为第二主题的发展，音调最强又最高。突然谐谑的乐段出现，其异样的音调犹似不吉之兆。其后两主题照前样反复，转入急板（presto）的终曲，达于大欢喜的绝顶，即为这交响曲全曲的大团圆。

（7）田园交响曲，作品六十八，F 大调

《田园交响曲》又称《第六交响曲》，为有名的风景描写的标题音乐，其第二乐章尤有"音乐的绘画"之称。

此曲作于一八〇八年，与《第五交响曲》同于这一年的十二月二十二日在维也纳发表。全曲各乐章描写着下列的五幅风景：

1. 初到田园时愉快的印象。不太快的快板（Allegro manon troppo）

2. 溪畔的景色。极活泼的行板（Andante molto moto）

3. 农夫的欢聚。快板（Allegro）

4. 暴风雨。快板（Allegro）

5. 牧歌，风暴后的快慰与感激。小快板（Allegretto）

原曲标题为"特性表现的交响曲，田园生活的回忆"。又附注"听者须发现各自的立场"字样。曲的解释并不限定。后来作者曾自己说，这曲与其指为绘画，不如指为感情的表现。然从全体看来，这《第六交响曲》在贝多芬的全部作品中最为标题音乐的作品，尤其是第二乐章，为纯粹的标题音乐。故此曲在近代标题音乐史上占有最初的重要的地位。

构成全曲的主要乐思，表出在第一乐章中，即田园的幸福的感情的表现。

第二乐章全部用弦乐的伴奏，描写小溪的流水。最后十二小节用木管乐器表现鸟的鸣声。即用长笛表示莺，用双簧管表示鹑，用两个单簧管表示杜鹃。同时弦乐表示淙淙的小溪的流水，犹之绘画的背景。用音描写形象与色彩，是近代标题乐上的新研究。

第三、四、五乐章是用同样的方法描写人物。即最初八小节表现活泼的欢跃的农夫。小步舞曲是乐队（band）伴奏的舞蹈。用拍子的变化而描出种种的舞蹈。其次，降 A 调快板表现雷鸣。终曲用圆号。后用全乐器的“很强”（fortissimo）结束。

（8）合唱交响曲，作品一百二十五，d 小调

《合唱交响曲》又名《第九交响曲》，为贝多芬的最后大作，作于一八二三年，是全聋期的超越的作品。

这交响曲中的最后乐章中加入人声合唱，故名《合唱交响曲》。合唱的部分是席勒（Schiller）的《欢乐颂》（An die Freude）。不仅是合唱，又有声乐的变奏。其乐器及声乐各部如下：

器乐：

1. 不太快的快板，有点庄严的（Allegro ma non，troppo，un poco maestoso）

2. 谐谑曲，十分活跃的；三声中段，急板（Scherzo，molto vivace；Trio，presto）

3. 很慢的柔板，如歌的（Adagio molto e cantabile）

4. 宣叙调，急板；不太快的快板（Recitative，Fresto；Allegro ma non troppo）

5. 很快的快板（Allegro assai）

声乐：

1. 宣叙调（Recitative）

2. 四重唱和合唱：很快的快板（Quartet and chorus：Allegro assai）

3. 男高音独唱和合唱：活泼的很快的快板，进行曲风格（Tenor solo and chorus：Allegro assai vivace，alla marcia）

4. 合唱：庄严的行板（Chorus：Andante maestoso）

5. 合唱：有力的快板，始终十分强调的（Chorus：Allegro energico，sempre ben marcato）

6. 四重唱和合唱：不过分的快板（Quartet and chorus：Allegro ma non tanto）

7. 合唱：最急板（Chorus：Prestissimo）

（9）爱格蒙特序曲，作品八十四

歌德（Goethe）的有名悲剧《爱格蒙特》（Egmont）作于

一七八六年。贝多芬于一八一〇年读此悲剧，非常感动，就作这可惊的音乐的序论。

这剧所描写的，是勇敢的爱格蒙特公爵指挥国民反抗西班牙专制君王菲力普的历史的事迹。同情于民主主义的贝多芬读了这剧，当然要感动，就发表这伟大的音乐。

全剧配乐由四段幕间曲（entracte）、两首歌、三段收场曲成立。其序曲由短简的引子导出轻快的快板。

第一主题中暗示两个性格，即英雄的爱格蒙特与恋人的爱格蒙特。以后表出英雄的愿望，渐渐发展，达于极顶。第二主题所写的是爱格蒙特公爵的恋人，同时又描写出公爵对她的热烈的爱。从这主题发出宽大浩荡的幻想部。经过一定的反复，导入于称为贝多芬的“胜利交响曲”的尾声（coda）。这尾声原是第一主题的发展；但在和声法上，对位法上，均与最初的主题不同。最后一节，充溢着爱国心的热烈的情火。

（10）莱奥诺拉序曲，作品七十二，第三

一八〇四年，贝多芬受维也纳歌剧院院长的请托，作一歌剧，名曰《莱奥诺拉》。剧词系别人所作。

剧的事迹，大意是西班牙一贵族弗洛雷斯坦（Florestan）为恶人皮扎罗（Pizarro）所绑，囚之于土牢中，没收其家产，将处以死刑。弗洛雷斯坦有贤妻莱奥诺拉欲救其夫，改姓名，变装为男子，至土牢探望。因狱卒之助，得见其夫，然未能图救。后有检阅官将至其地。恶人皮扎罗知弗洛雷斯坦必被放免，而自己必坐罪，即亲怀手枪至土牢，欲杀弗洛雷斯坦。莱奥诺拉见此情形，即趋前以身蔽其夫，向恶人说："先杀其妻！"在这剧的瞬间，遥闻彼方有喇叭（trumpet）的音，即报告检阅官的来到。此案终于被检阅官所破，恶人皮扎罗即处死刑，而贵族弗洛雷斯坦得复其自由。——贝多芬对于这妇人的勇义非常感动，为作歌剧《莱奥诺拉》。

后来此剧曾经四次修改，每次改作一序曲。其中第四次曾改名为《菲岱里奥》（Fidelio）。然就中第三次的序曲最为杰作中的杰作，即现在所举的作品七十二第三。这是一八〇六年修改这歌剧时所作的。

瓦格纳评这序曲，说"第三序曲已非序曲，乃一自己独立的剧乐"。

全曲由柔板开始，强力的八度（octave）渐次变成下行的音阶。评家说这是暗示弗洛雷斯坦的堕入土牢的。其次为快板。第二主题为极美丽的旋律，表现爱与和平，又作种种发展。评家说这是暗示弗洛雷斯坦的性格及其妻莱奥诺拉的性格的。曲调愈趋于高潮，突然舞台后方高鸣喇叭（trumpet），渐近渐响，终于回复于最初的主题。这时候用急拍子的长笛演奏。终曲表示极度的欢喜，宣告"正义"对于"恶"的大胜利，而全曲团圆。

《世界大音乐家与名曲》

歌曲之王舒伯特

舒伯特（1797—1828）在近代音乐上是“歌曲之王”，浪漫乐派的首领。然其生存中，世人对他的待遇非常疏慢。他在贫贱中默默地度送三十一年的短促的生涯，没有一个爱人，没有一个保护者，没有一个私淑者，连作曲的发表都不容易求到。他的歌曲，在今日是世间一切声乐家所爱唱的歌；然而在当时，除了围绕他的少数友人之外，竟没有人知道。出版业者对于有名的《魔王》（Erlkönig）的印行，勉强承允；晚年的杰出歌曲集《冬之旅》（Winterreise）只卖版权费每曲两弗罗林（Florin），然而“时间”是最公正的审判者。到了今日，全世界共仰他为歌曲之王，近代浪漫乐派的首领了。这一点追悼追崇之意，究竟能否抵偿对于他的一生的疏慢的待遇呢。

舒伯特生来具有波希米亚的灵魂，对于这种波希米亚的生活，似乎也很满足。自己收入既稀又少，然而囊中有钱的时候，就慷慨地周济周围的友人，绝不吝啬。夹了几首歌曲稿到出版业者那里去卖得了一点钱，就欣然归来，呼朋啸侣，同去听音乐会；或向咖啡店里去买得一晚的愉快的同乐。他的友人都是只与他相近的青年，都没有财产，没有家庭，晚上常常一同在酒店内过夜。谱莎士比亚诗的有名的《听！听！那云雀！》（Hark！ Hark！ the Lark！），便是有一晚与友人等在酒店内的时候作出来的。不但在酒店内，他在行住坐卧之间，无时不可作曲。然而这等宝玉似的名曲，唱的只有他自己，听的只有他的几个潦倒的友人；维也纳的贵族们，大人先生们，都笼闭在层楼深院之内，隔绝在上流的交际社会中，无缘听到他的唱歌，无从知道这当代大作曲家的存在。

他常常手执歌德（Goethe）等的诗集，在室内徘徊，突然伏案在五线纸上疾书，几分钟就完成一首千古不朽的名曲。完成之后，因为自己没有钢琴，立刻夹了歌谱跑到附近的小学校里去借弹钢琴，并将歌唱给校中的友人们听。

他只要通读一篇诗，头脑中就流出一根很美丽的旋律。杰作都在极短的时间内作成。他一生共作六百余首歌曲，差不多全是突然作成的。

他的乐风很有像贝多芬（Beethoven）的地方，故有“小贝多芬”的绰名。他比贝多芬更多抒情的、女性的情趣，故又有“女贝多芬”的别号。贝多芬一生的生活全是轰烈的、雄飞的；反之，舒伯特一生的生活全是沉默的、雌伏的。

舒伯特十一岁的时候，加入教会的合唱队，为高音部（soprano）歌人，又兼小提琴演奏者。十二岁，入天主教会的孔微克特（Konvict）学校。在校五年间的生活，为其一生音乐上的基础。同学的孩子们组织音乐演奏团，舒伯特充当小提琴手。他的演奏最为纯熟，引起全校的注意。乐队的指挥者时时缺席，就请舒伯特代理。然而学校时代的生活，也不是安乐的。寒冬的时候，室中没有火炉。且苦学生的舒伯特，饮食也常常不周。一八一二年他写给他的兄弟的信上，有这样的话：“我们常常想吃苹果。从粗劣的昼餐到夜餐，其间足足隔离八个钟头呢！”他向阿哥要求零用钱的信上，用这样的署名："你所爱的，有希望的，最可怜的弗朗茨。"

少年的舒伯特早已开始作曲。有几种名曲是少年期的作品。然而没有买五线纸的钱。同学中常常听见他自叹：

"倘有钱买纸，我可以每日作曲了。"

有的同学哀怜他的贫乏，买了纸送给他。

十七岁入变声期，不能再加入高音部的歌队中，他就退学回家。他的眼睛一早是近视的，十一岁起就戴眼镜。因为有一点缺陷，不被征兵当选，就在家里帮助父亲教小学生（他的父亲是为小学校长的）。

小学校辞职之后，一八一六年春，他曾经想谋某音乐学校的教席，结果终于失败。以后屡次找寻职业，屡次失败。故舒伯特除十八岁时暂做小学教师，及后来暂当一次家庭教师以外，一生未曾有过正式的职业，真是天才的生涯。

长大后又没有家人与朋友们一同过生活。偶然得着的钱财，也同朋友们一同使尽。他的贫乏，他的孤独，均与贝多芬相似；然而他的性格比贝多芬为乐天的。安于潦倒放浪的生活，若固有之。他不若贝多芬的用激昂的态度来同运命相战斗，只是静静地在歌曲中发泄其深切的哀愁与感伤而已。例如《冬之旅》（Winterreise）、《天鹅之歌》（Schwanengesang）等曲，是最为感伤的。

当时有一个巨富的大学生名叫晓勃（Schober），欢喜这无名的放浪乐人的歌曲，曾经供给他居室及衣食。其后自一八一九年至一八二一年之间，又曾寄居诗人马洛费尔（Mailofer）的家里。此外他的生活大都是依赖晓勃的。

舒伯特的放浪的生活中颇不乏奇离的逸话。

他的朋友们都是相当地理解他、崇敬他的。这自然的团体就无形中以舒伯特为中心，外人称呼他们为“舒伯特党”。这舒伯特党的集会的地点，大都在咖啡店里、酒吧里及俱乐部中。团体中大半是青年的独身者。活动的时间都在晚上。饮酒，弄音乐，高谈阔论。只要身上有钱，就不论何人所有，大家来使用，毫不吝惜地使用，用完了再说。真所谓“今朝有酒今朝醉，明日无钱明日愁”。他们一同宿在逆旅中，衣物用具，也不分你我，拉着就用。前面说过，舒伯特有近视之疾，十一岁就戴眼镜。他有一个特殊的眼镜壳子，常常带在身边。有一天忽然不见了，遍觅不得，后来看见友人在吸烟，所用的烟斗正是用他的眼镜壳子改造而成的。原来这位朋友因为失去烟斗，一时没有办法，看见舒伯特的眼镜壳子放在桌子上，就随手拿来改作一下，暂时代用为烟斗。他们的落拓不拘的生活，于此可见一斑。

舒伯特是有名的突发的天才，又是有名的迅速的多产作家。《听！听！那云雀！》在十五分钟间作成。《冬之旅》中有六曲是在一个早晨内作出的。故批评家说他的乐曲是“流出”的；又说他是成了“梦游病”状态而作曲的。

他晚上常常戴了眼镜就寝。早晨一醒觉，立即爬起来，伏在五线纸上作曲，连盥洗与换衣服都忘却。有的时候正在与客人谈话，忽然乐思涌起，就一面谈话，一面拉过五线纸来疾书音符。

前述的《听！听！那云雀！》，是在酒店里的桌上作成的。还有许多乐曲在是散步中作成的。有一位朋友问他怎样能作出这许多乐曲，他回答说：

“我是每日作曲的。一曲作完一曲又开始。”

所以舒伯特十八岁的时候，已经作了歌曲百四十四首。乐曲像流水一般地从他的笔上滚出。有时连自己都忘却自己的作品。有这样的一段逸话：有一天他把新作的歌曲送给某朋友，过了两星期之后，又去访问这朋友，听见这朋友正在唱这歌曲。舒伯特听了之后，似乎很感动，问他的朋友：“这歌曲很不坏呢！是谁作的？”

关于舒伯特的作曲的状态，他的友人斯班（Spann）有这样的一段记录：

“有一天午后，我和马洛费尔同去访问舒伯特。这时候舒伯特和他的父亲同居。我们走到室门口，看见他正在捧着一册书，高声地朗读《魔王》的诗，读得十分出神，全不注意到我们的来访。他拿了书册在室中反复徘徊，突然把身子靠在桌上，拿起笔来在纸上飞速地写谱，不久即作成了一首很好的歌曲。他自己没有钢琴，就拿了这乐谱跑到孔微克特学校去弹奏。这一天晚上，就在那学校里演唱这《魔王》，蒙校中的朋友的热烈的赞赏。老宫廷风琴家罗提卡对于这曲尤为感动，亲自研究其各部，在风琴上弹奏。有人对于曲中屡屡出现的不协和和弦提出异议，罗提卡竭力为之辩护说明，说这等和弦从原诗上看来何等必要，必然美好，又其结合何等巧妙。”

《魔王》，大家知道，是德国诗圣歌德的名作。

舒伯特三十一岁夭逝。计算其作曲的年代（十六岁以前所作均不成立）只有十五年。然作品总数有一千种之多，内中有六百首是珍贵的歌曲。其他交响曲、钢琴曲、歌剧，均有美丽的旋律。《未完成交响曲》（Unfinished Symphony）尤为有名。这交响曲，舒伯特未曾作完而死。然而不完全的乐章亦自能独立为名曲，故后人承认其为名曲之一，在世间到处演奏着。去年，一九二八年十一月十九日，舒伯特的百年纪念祭的一天晚上，上海南京路的市政厅中也有英国人演奏过《未完成交响曲》。

《魔王》作于一八一八年，一直过了五年之后，方才有出版业者肯为印行。然而是没有版税的。他的作品的印刷，这是第一次。这书在九个月间销售八百部。于是再集十一首歌曲，继续出版。第二次出版的时候，一向不大高兴的出版者居然愿出八百个弗罗林（Florin）买他的版权，同时出版的《流浪者》（Der Wanderer）自一八二二年至一八六一年之间，出版业者共赚了二万七千弗罗林。不拘有这种情形，舒伯特的作品，直到晚年，常常卖不出价钱。他的晚年的不朽之作歌曲集《冬之旅》，一曲只卖一弗罗林。

一八一八年，舒伯特曾为某伯爵家的音乐教授。除了幼时作小学教师之外，这一次是他平生唯一的供职时期。那伯爵住在匈牙利的别庄里，请舒伯特到那里去教他的夫人和两女儿学习音乐。这是他的音乐家的生涯中唯一就职的时期，也是唯一的幸福的时期。作曲时间也富有，生活也快乐，又在那地方接触了匈牙利的民谣，此后的作风上就加了一层特殊的色彩。

舒伯特还有类似贝多芬的性质，是对于自然的爱好。自来音乐家中，爱好自然的极少。贝多芬欢喜到郊外散步，雨天亦不阻止，故有“濡湿的贝多芬”的绰名，他在音乐家中为最著名的自然爱好者。舒伯特对于自然亦很亲近。久不出户，即感头晕目眩，必到田野散步一次，方能恢复健康。旅行当然是他所最欢喜的事；然而为生活贫困所阻，一生涯中只旅行三次。移居在他的兄弟所住的郊外的时候，他最为留连，每天午后必然出门作长久的散步。然而舒伯特遭遇着终身坎坷的命运，生涯中绝不会有长期的欢乐，迁居到了这中意的地方，不久就是他的最后——他不久就死在这地方。

那地方自然风景固然很好，然而有一个生活上的缺点，即饮水很不清洁，身体不健全而抵抗力弱的人，饮之容易成病。舒伯特的身体素来羸弱，这大概也是因了平常的生活不安定，营养不良所致。迁居到了这地方之后，因为留连于其地的自然风景，久不忍去；同时因为饮了那地方不洁的水，竟成了病。医生诊断他的病是伤寒。乡村地方没有完善的医药设备，他的病没有充分疗养，奄卧数日而死。命终之日，一八二八年十一月十九日，享年仅三十一岁。

舒伯特的遗产，除了黄金难买的珍贵的作品以外，还有仅值二十四五元的所有物。

舒伯特死于一八二八年十一月十九日。去年，一九二八年，恰好是他的百年忌辰。十一月十九日那一天，全世界到处演奏他的音乐，为他开纪念会。在中国上海南京路的市政厅里也有英国人开舒伯特的节庆音乐会（festival concert）。前年三月廿六日，是贝多芬的百年忌辰。市政厅里也举行贝多芬百年祭纪念演奏会。两乐圣的百年祭相差仅一年，即舒伯特与贝多芬是差一年相继而死的。前面曾经说过舒伯特有许多类似贝多芬的地方，故有“小贝多芬”“女贝多芬”的别称。然两人的关系不止这一点，其在世间是有奇特的因缘。

贝多芬是雄飞的，舒伯特是雌伏的，两人的阶级不同，故在同一时代，呼吸同一市内（维也纳）的空气，而三十年间未曾相见一面。舒伯特早已仰慕贝多芬的大名，然而无从求见。又因为舒伯特秉性孤洁，亦不愿登门拜访当时的伟大人物贝多芬。因此这两位乐风相似，伟大亦相似的乐圣，在世间终于为社会阶级所隔绝，没有见面之缘。

直到后来，有一个出版业者劝请舒伯特去访问贝多芬，奉呈自己的作品，求他介绍吹嘘。舒伯特当然不愿意，但为了私心仰慕贝多芬的艺术，又因出版业者的强请，有一天，他果真答允了，随了出版业者，夹了一册自己的作品（歌曲六十首），拜访贝多芬之门。

机缘真不凑巧。贝多芬恰好不在家。于是舒伯特只得把带来的作品稿子留放在桌子上，怅然地回去。

后来贝多芬得了病归来。一到家里，就躺在病床上，从此不起来了。有一天，病势偶减，他的友人想慰他的寂寥，拿桌上的一册书给他，放在枕边，让他翻阅消遣。这册书就是舒伯特所带来的作品集。贝多芬看了这种作品，猛然叫道：

“这里有神圣的闪光！是谁作的？”

旁人告诉了他舒伯特的名字，又把这句话传达于舒伯特。舒伯特得知了这消息，立刻奔到贝多芬的床前。贝多芬的病已经十分沉重，晓得舒伯特的来到，勉强振作，握着他的手，叫一声：

“我的灵魂是弗朗茨（舒伯特的名字）所有的！”

不久就闭目长逝。（关于这事有各种传说，有的说两人终于未得交语。不详孰是。）他心中怀抱了与舒伯特相知太晚之恨而死。舒伯特是最初又最后拜见这素来仰慕的大艺术家的。丧了知音之后，从此心中闷闷不乐。贝多芬的葬仪举行之日，舒伯特亲自拿了炬火送殡。归途中与三四友人入酒肆歇息。他满斟一杯酒，举起来对众说道：

“为席上先死者干杯！”

他自己竟抽着了这可悲的签。贝多芬死后十八个月，即次年十一月十九日，舒伯特就辞了人世，追随贝多芬而去。躺在死床上的舒伯特向他的兄弟及友人提出一愿：

“请给我葬在贝多芬的旁边！”

弥留的时候，他口中不绝地叫：“贝多芬没有在这里呢！”

舒伯特死后，其兄弟及友人们依照他的遗嘱，给他葬在离开贝多芬不到两座墓的地方。

现在两人的铜像并立在维也纳的广场中。

《世界大音乐家与名曲》

附：舒伯特的名曲

（1）魔王

《魔王》是德国大诗人歌德（Goethe）的诗。舒伯特爱读这诗集，常常手执这书在室中一面踱步，一面朗吟。后来就把它完全翻译为音乐，其乐曲就名为《魔王》。《魔王》是世界极有名的歌曲。后来浪漫派大作家李斯特（Liszt）等曾经把它改编为钢琴曲及管弦乐曲。舒伯特一生共作六百七十余首歌曲，就中以《魔王》为传诵最广。

《魔王》作于一八一五年之冬。舒伯特的友人晓勃详知这乐曲的制作的情形，曾在其笔记中有这样的记录：

“一八一五年冬，某日下午，我到舒伯特的兄的家里去访问。（这时候舒伯特大概是寄食在兄的家里。）舒伯特在室中朗读歌德的故事诗《魔王》，作曲的神兴已在勃发。这时候他是第一次读到这诗——《魔王》。

“他反复朗读了两三遍，胸中早有乐思抽发。我来到那家的时候，他正在五线纸上写谱，主旋律已经写完，只要配上伴奏，全曲就可告竣了。忽然之间，他已把伴奏完全作成。”

这记录现今保存在柏林图书馆中。舒伯特的歌曲，大都是全不费力地迅速作成的。《魔王》的大杰作也是其一例。普通音乐家所作歌曲，大都仅属诗的朗读式的一种音乐。例如法国现代音乐家德彪西（Debussy）的声乐曲，便是这类的音乐，只有舒伯特的歌曲与普通不同，他把歌德的诗的精神完全溶解在音乐里。例如《魔王》中，小儿与父亲与魔王三个人物的声调，以及三个性格的表现法，非常巧妙，实可称为神业。在这样简单的音乐中，而能丰富地包含一切剧的、诗的、有生命的要素，非神业不办。篇幅徒然见长，而表现力贫乏的普通的歌剧，对之真可愧煞。

《魔王》的伴奏沉重有力，表示顽强的魔王的诱惑力。

（2）流浪者

舒伯特作《魔王》的次年，即一八一六年，又作杰品《流浪者》。这一年中舒伯特所作歌曲总数在百曲以上，真是丰收之年。

《流浪者》是根据柳贝克（Schmidt yon Luebeck）的诗而作的。其曲为升 c 小调。这也是极有名的一个小曲，世间的好乐者大概没有一人不晓得。然这名作也是迅速作成的，且其迅速更可惊人：据说舒伯特有一晚共作歌曲二十首，《流浪者》是其中之一首，此外还有十九首。

这乐曲是一首描写青年人的红色的梦与蔷薇色的希望的歌。最初为三连音符的不安稳的引子，渐渐移入诉述青年的烦闷与追求甘美的希望的乐段。就中青年人对于希望之国的渴慕与憧憬的描写，尤为美丽无比。

（3）圣母颂

一八二五年三月三十一日，舒伯特的先辈兼至友，当时第一流的歌剧唱歌人福格尔赴奥地利。动身之后，舒伯特立刻追去，同他一同在奥国各地旅行演奏，直至是年十月底回国。

美丽的天地与情深的知己，这几个月在舒伯特真是幸福的生活。这次旅行之前，他正好读了司各特（Scott）的《湖上夫人》（The Lady of the Lake），非常感动赞叹，已经为这长诗中的诗篇作了两三首宝石一般的小曲。就中这《圣母颂》尤为这一次演奏旅行中到处讴歌，到处欢迎的一曲。

讴歌者当然是其友人福格尔，伴奏者是舒伯特自己。

舒伯特对于这一曲的成功，自己有这样的话：

“人们对于我在这一曲处女（玛利亚）的祈愿的歌中所表现的虔敬之念，非常惊奇。这实在能给一切人以深刻的印象，牵引一切人的注意。其理由在于何处？据我想来，大概是为了我自己全心倾倒在真实的虔敬的感情中的原故。”

这处女的纯洁的祈愿的虔敬之念，与人间的女性的情调完全融合。

（4）听！听！那云雀！

英名即“Hark！ Hark！ the Lark！”，本是莎翁的诗。关于这曲的作成，有有名的逸话：

一八二六年七月某日下午，舒伯特偕三四友人赴维也纳郊外散步。走进一所小饮食店中去休息。他们的友人谛芝已先在店内，正在读一册书。舒伯特等一走进去，谛芝也就加入他们的团体中，定制的饮食还没有送来的时候，舒伯特随手拿起谛芝所带的那册书来翻阅。

翻到“Hark！ Hark！ the Lark！”的地方，舒伯特的乐兴忽然奔腾地涌起，他就叫道："纸有没有？倘有纸，我要为这诗作曲了。"

座中有一个朋友名特比勒的，立刻在菜单的后面用铅笔划五条线，递给舒伯特，不到二十分钟，这名曲就从此出世。

后来他又为这诗集中的"Who is Silvia？"（谁是西尔维亚？）作曲，其曲为英国人所特别欢迎。

《听！听！那云雀！》普通又名"夜曲"。但就歌词的意义上看来，不如称"晨曲"为适当。

（5）小夜曲

这也是极有名的一曲。诗为雷尔希塔勃（Rellstab）所作，舒伯特为其诗谱曲。这是明月之夜美人在窗边低吟的夜曲风格的短歌。其伴奏犹如月光，或柔风，一直随伴到曲终。

德国大钢琴家李斯特（Liszt）曾把舒伯特的声乐作品《魔王》《河畔之歌》，以及这《小夜曲》改编为钢琴曲。由声乐的小曲改编为器乐的钢琴曲，听起来毫无一点本质的差异。换言之，即舒伯特的小曲，编成有诗句的声乐与无诗句的器乐，全无变化，听起来有同样的效果。且不但上述的数曲，其他如《圣母颂》《流浪者》等，也都如此。

这是为什么理由呢？因为舒伯特在诗上所配的音乐，不仅是诗的宣叙调（recitative），其音乐本是可以独立的一种绝对音乐。故或用人声讴歌，或用乐器演奏，当然全无差异。在舒伯特，诗中的文句到了作曲的时候已不复是生硬的言词，而变成一种感情而融化入绝对的音乐中了。故讴歌的时候，其文句不是效用，不在于表明意义，而仅为暗示“无意义的生命的实在”的节奏之用了。所以舒伯特的小曲不仅是一种标题音乐（programme music），还可说是一种绝对音乐（absolute music）。

这夜曲当然是一种恋歌。然而不仅是一时代一地方的谣曲，而可称为一切时代一切人类所能共感的完全恋歌。

（6）维也纳之夕，第六

这是由李斯特整调改编的，一首优美的钢琴圆舞曲（waltz）。全曲富于纯真而婀娜的情趣。当时的上流社会中流行这种形式的舞曲。这曲充分表现着当时的情状。

维也纳的贵族的美丽的客室，闪闪的灯火与宝石的光，丽都的衣服，娇媚的妇人装束，翩然的帽带，魔女一般的美丽的微笑与眼色，是这曲的内容。先由序奏表明二人的性格，作成对照的两主题。

第一主题的八度音程及和弦，有强大的威力，所描写的犹如一个高贵的、尊大的将军。第二主题与之相反，描写优美的维也纳的美人，娇美伶俐的迷人的少女。—— 这是后来由李斯特添作的。

两主题之后，就是舒伯特自己的蛊惑的圆舞曲，反复一遍。其反复非常美丽，用许多装饰音。

尾声（coda）是圆舞曲的主题，及表现贵族女子的主导主题（leitmotiv）。

（7）b 小调小步舞曲

这是充分表现着条顿民族的强力的乐曲。

第一主题的八度音程与和弦，有大胆庄严而光辉的音调。这一节犹如生来不知柔弱为何物的，惯于战场生活的中世纪封建时代的贵族武士的描写。旋律荒暴、勇猛，其不像小步舞曲的部分，都可说是武士性格的描写。

唯中段（trio）窈艳孱弱，有不可思议的甘美的魅力。犹如一个纤丽而活泼可爱的少女的描写。

（8）军队进行曲

这也是有名的器乐曲。最初是为铜管乐器及管弦乐团作曲的。后来改作为钢琴独奏曲及联弹曲。

曲不甚快速，充溢着美丽的元气，有礼兵进行曲的形式与内容。这本来是为奥地利的卫兵联队而作的。

奥地利的卫兵联队，是由身材高大的兵队中所选出的步枪卫兵编成的。其服装，头戴银光闪闪的高冠，身穿钢铁的马甲，为最有训练的勇敢强悍的兵士。然这等兵士平时又服务于宫庭中，司理宫庭中的种种美丽优雅的装饰。故在战时为精悍无敌的勇士，在平时与贵妇人等共生活。

这曲的节奏非常美丽，为一般好乐者所知名。最初的引子用右手奏的六拍子的反复和弦，暗示太鼓之音。时时闻见胜利的活泼的喇叭声。旋律忽然华丽热闹起来，犹如兵士的列队的来到。同时其节奏愈趋于紧急。

其次奏出的是轻俊快美的中段，达于华丽的极致。这音乐所暗示的，是街的两侧宅第的窗中或阳台上的贵妇人与美女，向下面通行的兵士舞手帕或投花轮的情状。

最后第一主题又反复一遍，使听者的印象更强。

（9）未完成交响曲

这有名的交响曲作于一八二二年，未曾脱稿而作者死去，为音乐史上一奇迹，故特别有名。

一八六七年，乔治·格洛夫（George Clove）在舒伯特的旧书堆里发现这曲的原稿。格洛夫关于这作品有这样的记述：

“我听到《未完成交响曲》的时候，每每觉得这曲与舒伯特的别的作品完全不同，我信为这是一曲全然特殊的音乐。这曲是失意的时代的记录。我们可以显然听出曲中的感情的部分，及神经锐敏的要素。又可窥知舒伯特的全不受别人影响的独自的世界。这几个特点，在我们所知的舒伯特的别的作品中，完全未曾见过。且这交响曲又有一种由生动的空想所生的，新的纤细的趣味。”

此曲分两乐章，第一章快板（Allegro），第二章行板（Andante）。快板取严格的“奏鸣曲形式”（sonata form），各部分皆从主题的一节导出。用圆号演奏序奏的第一主题；用大提琴表现第二的对照乐句。

行板取普通所称为ABA形式的曲形式。曲趣非常美丽。

《世界大音乐家与名曲》

舒曼与门德尔松或称为德意志浪漫乐派的双璧。
这两人是很要好的朋友，
其艺术上的主义亦相同，
不过两人的境遇不同。

SCHUMANN
缘缘堂画笺
TK

音乐里的人生（二）

“十九世纪的莫扎特”，幸福的乐人门德尔松

门德尔松（1809—1847）的名字叫作费利克斯（Felix，幸福之意），他的生涯真同他的名字完全符合。

门德尔松的一生中全无一点不如意之处，真可谓“天之宠儿”。他在这幸福的生涯中作出许多幸福的音乐，为十九世纪的浪漫乐派的成熟期的作家，与舒曼（Schumann）并为浪漫音乐的代表作家。他的音乐，根柢没有像舒曼的深；然极富于诗的、浪漫的、甘美的情趣。他的生活的幸福与安乐，完全反映在他的音乐中。

门德尔松的得意的作品是“无言歌”（song without word），无言歌的形式也许近似于古典主义的作品，但其内容完全是浪漫的。门德尔松没有像贝多芬的庄严伟大，但有不亚于莫扎特的情绪的美。

他的艺术，可一言以蔽之曰“美”。

门德尔松生于德国的汉堡，但出于犹太人的血统。他的祖父是犹太籍的富翁、哲学者，父亲是当时相当有名望的作曲家。这作曲家二十八岁时与一沉静而美丽的犹太女子结婚，翌年，生长女名范尼；四年后，一八〇九年二月三日，又生长男门德尔松。他是汉堡的大银行家的儿子，在富丽而温暖的床上长大起来。

汉堡主权归属法兰西之后，门德尔松全家遁逃到柏林。他的父亲就舍弃犹太教，而令子女辈大家受新教的洗礼。他的母亲通英、法、意诸国语，又长于希腊语，又为优秀的女音乐家。门德尔松幼时与其姐范尼一同受母亲的钢琴传授。不久就另聘家庭教师，又分别从师学习钢琴、提琴、作曲、绘画。一八一八年十月二十四日（九岁时），即在公众面前演奏。明年，就正式入柏林音乐学校。

门德尔松幼时在家庭中组织一小管弦乐团。每晚邀集其父、母、姐及亲友等，演习音乐，他自己就作指挥者。一面又自己作曲，在这小管弦乐团中演奏其少年时代作品。入柏林音乐学校后，作品尤多。其学生时代的作品，共有四十四卷之多，今保藏在柏林图书馆中。这等作品都曾用他家里的管弦乐团演奏过。舒伯特一生努力作成《C大调交响曲》，终于不得亲见其开演而死；门德尔松幼年的作品都立刻开演，两人的幸与不幸相差何远！

门德尔松在这幸福的生活中，天才毫无阻碍地发展起来。他的天才异常丰富，其记忆力更为可惊。在音乐会中所听到的音乐，归家后就能在乐谱上默写出来，曾经弹过而失散了的乐曲，也能全凭其记忆而重写出来。门德尔松的记忆力，在音乐家中是惊人的逸话。

一八二一年春，当时大歌剧家韦伯（Weber）在柏林开演其名作《自由射手》（Freischütz）。十二岁的门德尔松与这大歌剧家相见。他对于韦伯，从此永远怀着尊敬之心。同年，他又访问诗圣歌德（Goethe），和他同住两个星期。当时七十三岁的老诗人歌德，很欢喜这十二岁的小音乐家门德尔松，每天早晨和他接吻，每天下午听他演奏钢琴两小时。

一八二四年二月三日，门德尔松十五岁的诞辰，私下开演三幕歌剧《两侄子》（Die Beiden Neffen）。明年，随父亲游巴黎，会见罗西尼（Rossini）、迈耶贝尔（Meyerbeer）、凯鲁比尼（Cherubini）等大歌剧家。平日永不肯赞美别人的凯鲁比尼，见了门德尔松也极力称赞其天才。

一八二五年八月，又完成二幕喜歌剧《卡马乔的婚礼》（Die Hochzeit des Camacho）。明年（十七岁）夏，读了莎翁的《仲夏夜之梦》（A Midsummer-Night's Dream），心中非常感动，就为之作曲。所作的就是现今很有名的《仲夏夜之梦序曲》。这是门德尔松的艺术的生涯的出发点。

门德尔松与其姐范尼从小并坐在钢琴边学习音乐，长大后又一同研究，姐弟间爱情很重。门德尔松二十一岁的时候，范尼与一画家订了婚约。门德尔松心中非常不快，独自旅居英国。是年十月三日范尼行结婚礼，门德尔松没有到场。这是他的生涯中一件很奇特的逸话。他到了英国，大受英人的欢迎。在苏格兰得到了作曲的灵感，就作《芬格尔山洞》(Fingal's Cave)，即《赫布里底群岛》(Hebrides)，以及优秀的钢琴曲《作品十六》。十一月返柏林。

一八三〇年，他第二次访问歌德。晚秋旅居罗马，明年又转赴巴黎。在这漫游生活中，产出的作品甚多。《圣母颂》(Ave Maria，作品二十三第二)、《第一钢琴协奏曲》(作品二十五)，及根据歌德诗的《瓦尔普吉斯之夜》(Walpurgisnacht)，都是这时期的作品。在巴黎与肖邦 (Chopin)、李斯特 (Liszt) 交游。明年，歌德死。巴黎有霍乱流行，门德尔松就转赴所亲爱的伦敦。他对伦敦感情很好，视之为唯一的休息所。有名的《无言歌》(英名 Song without Word，德名 Lied ohne worte) 第一卷即在此时出版。后来他就在英国做乐长 。任期中着手作清唱剧《圣保罗》(St. Paul)。后来返本国，又任莱比锡 (Leipzig) 乐长。是年父死。《圣保罗》于父死后完成。

一八三七年春三月，二十九岁的门德尔松与一牧师的女儿、十九岁的赛西尔结婚。新婚旅行中着手作清唱剧《以利亚》(Elijah)。一八四〇年，完成其有名的《颂赞歌》(Lobgesang)。一八四一年，受德意志命，任柏林乐长，然非其所愿。

一八四三年，他得了政府的承认，在莱比锡设立音乐学院。他的毕生大作清唱剧《以利亚》于一八四六年开演，结果批评很好。以后陆续演奏多次。然此后他的身体渐渐衰弱了。姐范尼死去，他接到讣闻，过于悲恸，一时气绝。后来赴瑞士养病，健康稍稍恢复，即又着手作《f 小调四重奏》(作品八十)、歌剧《罗雷莱》（Loreley）及清唱剧《基督》（Christus）。一八四七年九月归莱比锡。但他的身体的健康终于一蹶不振，日渐衰颓，至是年十一月四日午后九时二十四分而命终。享年仅三十九岁。其灵柩移殡于柏林。

门德尔松全生涯的唯一的代表作，是十七岁时所作的《仲夏夜之梦》，此后的二十余年间的作品，完全没有进步，这也是一种奇特的状态。由此可知门德尔松的事业平淡而缺乏变化，同他生涯是完全一样的，然他的《仲夏夜之梦》，音乐非常优秀，实可与莫扎特争光。故舒曼赞美门德尔松为“十九世纪的莫扎特”。

《世界大音乐家与名曲》

附：门德尔松的名曲

（1）仲夏夜之梦，作品六十一

此曲最初为一八二六年门德尔松十七岁时候所作。当时他读了莎士比亚剧的德译本，对于《仲夏夜之梦》一剧十分感动，就为作序曲 。七月七日着手作曲，八月六日脱稿。最初为钢琴联弹曲，后来改作为管弦乐曲。七年之后，又加修改，方始完成。

这是门德尔松的代表作品，全曲十分圆熟而高尚，富于洗练的诗美，用确实的手法表现明快的幻想。剧中各人物，王与女王、侏儒、公爵、从者，及两对恋人等，均历历表现在听众的幻想中。听者请先读了莎士比亚的剧本，然后再听这曲，便易理解。

“序曲”（Overture）。曲的开始是用木管乐器吹奏的持续和弦，犹如魔术师的咒文，立刻把听者引导到神仙的世界中。小提琴、中提琴，奏出雀跃一般的第一主题，仿佛神女的出现。其次庄严的部分表现公爵及其从者。第二主题最初的热情的部分用木管乐器吹奏，渐渐移到全部乐器，表示两对浪漫的恋人。第二主题的后部描写商人等。其展开部描写侏儒等的游戏。其次的弱音部（pianisimo）表示侏儒向公邸祝福，最后再用开始时的持续和弦，梦就告终。

“间奏曲”（Intermezzo）。此曲的最初部分表示女主人公的心中的烦闷。用第一小提琴演奏，又用长笛与单簧管相应答。突然转半喜剧的滑稽进行曲，用大管与单簧管吹奏，使听者预备此后有森林中的演奏会出现。

“夜曲”（Nocturne），是在剧的第三幕与第四幕之间演奏的曲，描写四个恋人静静地眠在树上的光景。用圆号主奏，大提琴与大管伴奏。终曲是用两个单簧管吹奏的美丽的小曲。

“婚礼行进曲”（Wedding March），在第四幕与第五幕之间演奏。这是最普遍的乐曲，因为西洋人在结婚仪式的奏乐中一向惯用这乐曲，差不多无论哪一个都听得懂。这曲用喇叭开始，逐渐演进，表出无限的欢喜、爱的胜利、永远的幸福的感情。其中段（trio）描写浓影的森林地的不可思议的妖虫。全曲犹如一篇奇离的童话。

“你们这些花斑蛇”（You Spotted Snakes）为全曲中最美的声乐曲，用女声四部合唱，是仙女等诱女王入眠而唱的歌曲。

（2）芬格尔山洞序曲，作品二十六

门德尔松旅行苏格兰的时候，曾游其西部的赫布里底群岛（Hebrides），盛称其风光之美，为作此曲，脱稿于一八三〇年。瓦格纳（Wagner）听了这曲，赞颂门德尔松为“第一流山水画家”。

曲的形式、规则很整齐。

第一主题由中提琴、大提琴、大管描出作者浮于洞窟中时所感的寂寥的光景。美丽的第二主题描出海的动荡，小提琴的伴奏犹如波浪的冲击。其次展开，描出海鸟的鸣声，如泣的风声，波浪震响。第二主题再现，仍归于最初的孤寂，且带忧郁情趣。主题展开反复之后，曲终。

（3）平静的海与幸福的航行序曲，作品二十七

此曲作于一八二八年，一八三三年改作，一八三五年在莱比锡初演。门德尔松根据歌德（Goethe）的《海的平静》与《幸福的航行》两短诗即作此曲。全曲由两部合成：

1. 柔板（Adagio）

2. 十分活跃的很快的快板和庄严的快板（Allegro molto vivace und Allegro maestoso）

曲中用弦乐的全和声表示海的静，附以优雅的木管乐器的伴奏。海的旅行由长的前奏曲开始。第一主题由长笛表现，用弦乐的拨奏来伴奏。第二主题用大提琴演奏门德尔松的最美的旋律。经过展开部，最后用小号（trumpet）结束平安的旅行。

（4）苏格兰交响曲（a 小调第三交响曲），作品五十六

门德尔松于一八二九年旅行到苏格兰，作《芬格尔山洞》和这《第三交响曲》，为英国游历的纪念。

是年七月二十八日，他到爱丁堡，参观伊尔特宫殿，即在其地作此曲的最初的十六小节的旋律。但草案成就于一八三一年，全曲完成于一八四二年一月二十日。全曲分四乐章，即：

1. 引子：稍快的行板（Andante con moto），主部：稍激动的快板（Allegro un poco agitato）

2. 谐谑曲：不太活泼的快板（Allegro vivace non troppo）

3. 如歌的柔板（Adagio cantanbile）

4. 极其活泼的快板（Allegro vivacissimo）；十分庄严的快板

（Allegro maestoso assai）

第一乐章描写薄暮的伊尔特宫殿的印象，大体有忧郁的情趣。第二乐章开始描写丰盛的田园的自然，其次有风声，鹫的鸣声，苏格兰的风笛声，高原的人的足音，宛如一幅画图。第三乐章是作者对此国土的过去的盛况的冥想。最后一乐章中，一切感伤的感情都消灭，而作英雄的强力的表现。

（5）意大利交响曲（A大调第四交响曲），作品九十

门德尔松于一八三〇年旅行于意大利，即着手作此曲，至一八三三年三月而完成。全曲分四乐章：

1. 活泼的快板（Allegro vivace）
2. 稍快的行板（Andante con moto）
3. 稍快的中板（Moderato con moto）
4. 萨尔塔雷洛舞曲，急板（Saltarello，Presto）

第一乐章中表现意大利的欢乐与祥和，南国的青天，澄明的空气。第二乐章为“巡礼进行曲”。第三乐章比第二乐章更美，其中段（trio）及尾声（coda）尤有动人的魅力。此曲虽名为《意大利交响曲》，然其第二三两乐章全无意大利风味。

到了第四乐章，始用意大利人所最欢喜的舞蹈节奏萨尔塔雷洛（Saltarello），及愉快的塔兰泰拉节奏（Tarantella rhythm）巧妙地结束。

从这乐章中，可以推知作者一定在罗马看见过狂欢节（carnaval）的光景。

（6）无言歌《安慰》

门德尔松在钢琴音乐上的特色，是作了许多歌曲形式的“无言歌”。他的无言歌有类似李斯特的钢琴音乐的地方；但不似李斯特的实，而最富于自由的想象，如梦的情感。这 E 大调的《安慰》，也是无言歌之一。全曲统用像风琴曲中所用的和弦。

这曲有一种清幽的情趣，能洗刷人的灵魂。须有无上绝大的意志与智慧，方能感到此曲的和平、真实与希望的心境。

（7）无言歌《纺歌》

这也是钢琴无言歌。其伴奏中描出纺车的声音。曲趣非常明快，犹如鲜丽的五月的晨光。使人听了，眼前仿佛看见一个纺纱的少女的模样。她对于这劳作全不感到一点厌倦，元气充足地坐在五月的晨风中，活泼地摇她的纺车。

窗际开着白色的苹果花，花间有小鸟在唱五月的祝福歌。少女的心不禁被小鸟的歌声所诱惑，也想唱歌了。她就合着纺车的音调，唱出美好的旋律。她的肉声比苹果花的白更为蛊惑。——评家谓听到这曲的时候每起这样的感觉。

（8）无言歌《春之歌》

门德尔松的最后的作品集《无言歌》中，载着上述的《安慰》《纺歌》和这曲《春之歌》。三曲都是钢琴曲。

门德尔松曾于一八四二年旅居伦敦，其年的六月一日，作成此曲。全曲充满着光辉、欢喜、希望，及对于生命的无限的爱。

最高音部是春之女神的礼赞歌。其和声犹似一轴无限的画卷。左手的轻快的琶音（arpeggio）伴奏犹如青天中涌起的白云，及和风中的树枝的摇曳声。全曲犹如一幅鲜明的春景。

（9）威尼斯船歌

Gondola是威尼斯地方一种船的名称。这曲比较门德尔松其他各作品，趣味与形体全然不同。他的作品统是欢喜、幸福、愉快的赞歌；只有这一曲相反，少有乐天的分子，而富于悲哀与沉郁的情趣。据评家推测，这不是门德尔松自己的作品，大约是其姐范尼所作，借了门德尔松的名字而发表的。因为在当时，女子还不曾占有社会的位置，不便做了作曲家而发表作品。又门德尔松是犹太血统的人，这种思想更为强固。这样想来，范尼是一个富于音乐天才的女子，借了其弟的名而发表乐曲，或者是可有的事。

凡Gondola Song或Barcarole一类船歌，普通有两种特征。第一，其曲的节奏是合着船的橹声的。第二，是表现唱这歌或演奏这歌的舟子（或演奏者）的特有的感情的。尤其是Gondola Song，必然使人联想南国的青天与烈日及其所照的威尼斯的鲜明的景色。

但这曲并无上述的特征，只能使人眼前仿佛看见晚秋的威尼斯的萧然的景色。

不论其为门德尔松的作品或范尼的作品，这曲总是绝妙的音乐。

（10）辉煌随想曲，作品二十二

此曲普通归入协奏曲（concerto）中。但在严格的意义上说来，协奏曲必须有管弦乐伴奏；而此曲没有管弦乐伴奏，仅用钢琴伴奏钢琴（用两架钢琴）。故与协奏曲略有不同。

先发一节短的琶音（arpeggio），其次立刻奏出一联美丽的歌谣的主题。一转而成为烈火一般的快板，为前段的发展。其第一乐段不绝地向上升腾，犹如天际的飞鸟；第二乐段沉抑而艳丽，犹如处女的怕羞。旋律又回复于前段，渐向下方降低。经过再转、三转、四转、五转、六转之后，达于随想曲所特有的迅速而高翔的乐部。

《世界大音乐家与名曲》

狂热音乐家舒曼

舒曼（1810—1856）与门德尔松或称为德意志浪漫乐派的双璧。这两人是很要好的朋友，其艺术上的主义亦相同，不过两人的境遇不同——门德尔松是幸福的家庭的公子，舒曼是潦倒一生而终于发狂自杀的不幸者——因而乐风也有几分差异。门德尔松的乐风纯净透明，犹似春光之美；舒曼的音乐作品则暧昧阴郁，犹似冬日之钝。门德尔松的感情像深夜一般沉静，其乐曲形式也可说是古典的；舒曼的感情奔放热烈，其乐曲也不拘形式。总之，舒曼比门德尔松更富浪漫的色彩。故舒曼是浪漫乐派绝顶期的作家。

舒曼的父亲是一个书籍商人又兼著作者，欢喜诗，曾经读弥尔顿（Milton），翻译拜伦（Byron）。舒曼承受父亲遗传的文才。他的诞生期为一八一〇年六月八日。

七岁开始从师学音乐，不久就作曲。他的性格从小就是感觉的、神经的。又想象力很强，常常因过于昂奋而暂成发狂的状态。十岁时入学校，集同级朋友组织管弦乐团，用两把小提琴、两支长笛、两个圆号、一个单簧管，七人合奏自作的管弦乐。十一岁时更显露音乐的天才。父亲就决心命他专修音乐。不幸这愿望未现实，父亲死了。母亲希望他做法律家，十八岁时，送他入莱比锡（Leipzig）大学。

他到了莱比锡仍是亲近音乐。二十岁的时候，他托亲友富利特利希·微克（Wieck）向母亲保证，许他停修法律，专习音乐，得了母亲的许可。但他并不想做作曲家，而盼望做钢琴家。

他住在亲友微克的家里，练习钢琴。他的右手第三指关节不自然，不能与其他的指一样地活动。他用纽结把指扎住，努力练习。结果很是不幸，这第三指终于伤了筋，其右手终于使他失了做演奏家的资格，经过多方的治疗，总无效果。于是他对于演奏者就断念，而改道向作曲者了。

一八三五年，门德尔松到莱比锡，与舒曼相会，而舒曼颇尊敬门德尔松。一八三六年春，他对微克的长女克拉拉（Clara Wieck）发生了热烈的恋爱。这时候舒曼三十六岁，克拉拉只有十七岁。一八三八年，他为了经济的关系，到维也纳，拟在其地销行杂志。但终于失败，不久就归莱比锡。在维也纳时，他从贝多芬的墓地上拾得了一支钢笔，当作非常宝贵的纪念物，后来就用这支笔作曲。一八四〇年与克拉拉结婚，后来生了八个儿子。才貌兼备的克拉拉，在古今女性钢琴家中占有最高的地位，舒曼死后，她努力介绍他的作品于世间，对于亡夫有不少的助力。

舒曼结婚的一年，是其艺术生涯上重大的一转变期。以前的作品以钢琴曲为中心，以后以歌曲为中心，而创作热度比以前高，产出亦多。

一八四一年，用从贝多芬墓地上拾得的钢笔书写《降B大调第一交响曲》（作品三十八）。一八四三年作康塔塔《天堂与仙子》（Das Paradies und die Peri，作品五十）。一八四四年春，夫妇二人旅行演奏，赴俄罗斯。这一年十月，他的身体不适。嫌莱比锡音乐会过多，转居德累斯顿。此时开始作《C大调第二交响曲》

及《浮士德》（Faust）。自移居德累斯顿后，他研究对位法，应用于以后的作曲上。一八四七年，作歌剧《格诺费娃》（Genoveva）。一八四九年八月，歌德（Goethe）诞生百年纪念，舒曼演奏《浮士德》。

一八五〇年转居杜塞尔多夫，为该市乐长。忽然有了半狂暴的灵魂，与神秘的热情，决心为拜伦的《曼弗雷德》（Manfred）作曲。此后精神即呈异常的状态，但创作欲愈加旺盛。称为《莱茵交响曲》的《降 E 大调第三交响曲》，席勒（Schiller）的《美西那的新娘》（Braut von Messina）的序曲，便是当时的产物。

一八五四年，他的精神状态已很不健全，成了忧郁的梦想的状态。据说有一天他看见已故的门德尔松与舒伯特，来授他一个旋律。他曾用这旋律作变奏曲，终未成就。后来勃拉姆斯（Brahms）所作的作品二十三的变奏曲，据说就是这主题。二月二十七日夕暮，他忽然发狂，投身莱茵河企图自杀。幸遇舟人救出，送入医院。一直病了两年，至一八五六年七月二十九日午后四时长逝。

《世界大音乐家与名曲》

附：舒曼的名曲

（1）梦幻曲

舒曼有钢琴曲集《童年情景》,《梦幻曲》便是这集中的一曲。

舒曼的一切钢琴曲中，这一曲最为一般人所知名。

集名为《童年情景》，但其音乐是为大人听赏而作的。

这曲似乎在诉说过去的悲欢与憧憬，委曲缠绵，甘美无伦。送尽了半生哀乐的飘泊者，在旅寓的静夜中梦见儿时的光景的时候，其心弦正可与这般的旋律相共鸣。一言以蔽之曰：喜悦的忧伤。

Träumerei 是德语“梦想”或“幻想”之意。即从 Träum（梦）一语转化而来。这所谓“梦幻”，不是睡眠间所做的梦，而是醒时所感觉的一种幻象，即所谓“昼梦”。例如在山中海边，对花晨月夕，往往使人回想过去的欢乐，而神往于这回想中。这曲所描写的便是这种心境。

（2）月夜

这是歌曲。舒曼于一八四〇年与克拉拉结婚后，多作歌曲，就中有为德国浪漫派诗人艾兴多尔夫（Eichendorff）的诗篇而作的歌曲十二首，《月夜》便是其中的一曲。

艾兴多尔夫的诗，大都歌咏放浪的生活，对于自然的感兴，或中世纪时代的浪漫的传说。《月夜》是他的代表作。

这歌曲的旋律的形式，倘用字母来表示，便是 A+A+B+A 的形式。全曲分十六小节，差不多由同一旋律反复构成。而且其 A 的对照乐句 B 也可说是 A 的旋律的变形。

伴奏描摹月光的闪耀，手法很是写实的。

（3）阿拉伯风格曲，作品十八

这是舒曼结婚以前所作的钢琴曲。Arabeske 一语，从 Arab 或 Arabia 转化而来，是“阿拉伯的”或“阿拉伯风格的”的意义。由此更转化，就变成摩尔（Moors）人的穆罕默德教所产生的一种特殊的艺术的名称了。

摩尔人却特别富于艺术的气质与想象的天分，大都有爱美的倾向。他们的内部的本能所要求的表现欲，终于取了一种特殊的手段而表出，即成为“Arabeske”的一种特殊的艺术。所谓“Arabeske”，便是用一种象征的手段，暗示在极抽象的物体中的观念、情趣，及性质。例如运动、休止、优美、庄严，及意气的轩昂、失望等，都能用一种象征的手段来表出，使人们都可以鉴赏。理解其艺术的表现的根本的要素，限于直线和曲线。在言语上，便是元音和辅音。

舒曼这乐曲，便是用音乐描写这种“阿拉伯风格”艺术。第一主题非常优美，圆润自然，在音间可以想见柔丽如花的肉感的曲线。第二主题为回旋曲形式，美丽不及第一主题，而特别富于暗示。形式非常自由而不规则。其终了处使人起未完成之感，同时却给人以不可思议的魔力。

（4）狂欢节，作品九

这是舒曼的最有名的钢琴曲。舒曼的特殊的气魄、独创性、幻想力、滑稽有趣，充溢在这乐曲中。“以四个音符为基础的小品”，就是用 A、降 E、C、B 的四个音，来描出曲中的主要的小景。这四个音名，德名便是 A、Es、C、H。倘把这几个字连缀起来，即成为“Asch”（因为 Es 发音与 S 同），这恰巧是波希米亚一小村的地名。然而这不是偶然的：舒曼作这曲的时候（一八三四年至一八三五年之间），他的一个女朋友名叫弗丽根的，正住在这小村中。舒曼因爱了这人，连其所住的村的地名也觉得可爱，就拿它拆开，分作四个音名，而用以作曲。这实在是音乐上的一段佳话。且不但如此，另有人说，这四个音名又双关着舒曼自己的姓。即 Schumann 一字中含有 Sch-a，便是这四个音名。所以这曲是用作者的爱人所居的村的地名和作者自己的姓为材料，而表现作者的心境，同时又描写狂欢节的行列的。

舒曼作《狂欢节》的时候，最初预备始终仅用这四个音。但终于不行，只有最初的数部以这四音为基础，后面的便不限制。即第一部曲用 Es、S、H、A，表现自己的姓，第二部曲表现那村名，此外的都不一定。

听《狂欢节》的人，先须注意这两点。即第一，这是描写狂欢节的行列及其中的人们的；第二，这不但是外物的描写而已，曲中又表现着舒曼当时所最感兴味而最爱慕的一种事情。倘不明白这两者的区别，听时便易发生误解。

全曲由二十二部合成，各部都有小题目，现在逐一略加说明于下。

第一，前奏曲—— 这一部大概是行列中的乐队的演奏。描写祭日的昂奋，预示后面的行列的各种人物，快活而喧噪，有时显出乱暴的状态。

第二，滑稽演员比哀罗（Pierrot）——比哀罗是为欲表现乱暴而粗率的条顿式的滑稽趣味而扮饰的人物。全欧洲各国都知道这个名字。这人物立在行列的先头，似乎是这祭典的主席，非常威严而尊大，其态度举止，故意装出威严，非常可笑。音乐上忽而弱奏，忽而强奏，便是描写他这神气的。因为这人忽而十分庄严，又忽而十分滑稽；观者正在笑他的滑稽，他又立刻变成庄严，使观者更觉可笑，音乐的变化亦如是。

第三，阿来金（Arlequin）—— 这是法兰西风格的滑稽人物。穿了五彩的衣服，拿一根长鞭，走在行列的先头，比哀罗的后面。他的持鞭，是清道的意思，他常常拿鞭子戏吓观者，使他们回避让路，或用鞭子和观者中的小儿女孩们戏耍。曲的第一及第三小节，便是描写鞭的声音的。后面的各小节中，也时时有鞭音听见。前有休止符的十六分音符的断音（staccato），便是这鞭音。

第四，高贵的圆舞曲—— 这是行列先头的乐队所奏的音乐，比前奏曲为沉静，后来乐节渐次降低，即表示先头的乐队的远去。曲的拍子为3/4，曲中充溢着狂欢节的情景。

第五，犹西皮亚斯（Eusebius）—— 这是与狂欢节没有什么关系而描写舒曼的幻想的乐曲。“犹西皮亚斯”这名字，在舒曼的初期作品及音乐评文中常常用之。例如其作品十一的奏鸣曲，是最著名的一例。那曲上写着“因犹西皮亚斯及弗洛雷斯坦而奉献于克拉拉”。（克拉拉就是他的夫人。）故知犹西皮亚斯及弗洛雷斯坦都是舒曼的化身的假设人物。舒曼知道自己的性格与天分之间有显著的差异，故假设这两人，以代表自己的两方，而即如歌德（Goethe）所说，“无论何人的心中，都宿着两个灵魂”。舒曼用犹西皮亚斯这一个名字，称呼他自己的诗的冥想的心。换言之，即称呼甘美的抒情曲的作者、不可思议的神秘的和声的创造者——自己为犹西皮亚斯。这曲便是舒曼的犹西皮亚斯方面的自我描写。

第六，费洛雷斯坦（Florestan）—— 与犹西皮亚斯性格正反对的灵魂，名之为弗洛雷斯坦。这性格是大胆的、攻击的、好战的，必要的时候，他竟能提了棍棒冲围直入。这曲中充满着一种学生风格的天真美丽而又带恶戏性质的光景。

第七，婀娜者—— 这是描写狂欢节的舞蹈会中的姣美而活泼的女郎的姿态的。少女的千般的妩媚，毕呈于听者的眼前。自来多数音乐者，曾经刻意描写女性的理想形象的凄艳的姿态；然而没有一曲能比得上舒曼这曲的完全。

第八，答谢——这一部不过是几句短的乐句，即对于前部的婀娜者的爱娇的顾盼的答谢。速度与前曲同样。

第九，斯芬克司（Sphinxes）—— 这一部并非音乐演奏，只是响出几个音符。第一音符为 A—C—H—A，即表示舒曼自己的姓的。第二音符为 A—C—H，即表示德语的慨叹词 ach 的。第三音符为 A—S—C—H，即表示他爱恋的女友所居的村镇的地名 Asch 的。这一部是对初恋的少女与舒曼胸中所怀抱的谜的表示。只有手持“狂欢节”的乐谱而且看且听的人，方能感知这游戏的意味。

第十，蝴蝶—— 这曲所描写的并非真的蝴蝶，乃暗示化装行列中扮装像蝴蝶的人们的性格的。她们装得过于轻浮，以致忘却了自己所扮演的角色，而漫然地在那里飞舞了。

第十一，文字舞——滑稽的妖魔蹈了前述的四个字母而舞踊。最初为 A—S—C—H，后来是 S—C—H—A。在实际的音乐的效果上看来，虽不十分完全，但在观念上看来，可知其为很巧妙的文字舞。

第十二，基阿利拿（Chiarina）——基阿利拿十四岁的时候就对舒曼相恋，后来改名克拉拉而嫁与舒曼。克拉拉·微克（Clara Wieck）的意大利称呼，叫作基阿拉（Chiara），基阿拉的爱称，便是基阿利拿。曲中有一主旋，极像是暗示“基阿利拿”的缀音的，时时在曲中出现，给听者以很深的印象。舒曼作这曲的时候，已对那女子密订婚约。这乐曲全是抒情的赞美，旋律仅用四个音构成，全曲不外乎是四个音的反复。

第十三，肖邦（Chopin）—— 舒曼对肖邦怀有好感，故为他作此曲。肖邦的作品中最有特征的，是其夜曲（noctume），舒曼在这曲中，描摹肖邦的夜曲的腔调，非常逼真。优雅的、叙情的、低缓的音，华丽的琶音（arpeggio），完全与肖邦的笔致无异。

第十四，爱斯特雷拉（Estrella）——舒曼称呼他的住在 Asch 村中的女友弗丽根，用“爱斯特雷拉”这个浪漫的名字。“狂欢节”作曲的时期中，舒曼与这女郎的交情正浓厚，所以特为她作这一曲。曲趣恍惚而优美，所描写的便是弗丽根的性格及其在化装行列中的姿态。

第十五，辨认—— 舒曼描写狂欢节中的人物，同时又用音乐记述其行列中所起的事端。所谓“辨认”，即化装行列中，有几人蒙着化装，使其友人或恋人等不能辨识。他们在那里猜察、辨认。有时猜错了，有时猜出了，群众欢呼大笑。

第十六，邦泰隆与可伦彭（Pantalon et Colombine）——邦泰隆是意大利喜剧演员的一个名称。这演员扮装非常奇特，其裤与靴尤为特殊，使人见了不得不笑。在意大利威尼斯地方，这名称最为流行，现已变成滑稽的演员的绰名。可伦彭是他的恋人的名字。扮演这两人的男女，携着手在化装行列或狂欢节跳舞场中出现。

第十七，德意志圆舞曲——这是乐队所演奏的曲。但未曾指明其为行列中的乐队，抑舞蹈场的乐队。推想来大约是舞蹈场中所演奏的。这是古风的德意志圆舞曲，优美、沉重，而威严。

第十八，帕格尼尼（Paganini）——舒曼在这狂欢节中模仿他所最敬爱的音乐家的作品。前面已曾模仿钢琴大家肖邦，现在又模仿世界第一提琴家帕格尼尼。帕格尼尼的弓法上，有特独的断音（staccato）的技巧，非常华美，有似恶魔的出现。

第十九，立誓——这是描写行列中的恋爱的男女的心的音乐，这些男女在人们不注意的时间互相交谈、立誓，在人们注目的时候佯作不相识。

第二十，逍遥曲——这是创行于法国的一种音乐，曲趣极轻快，在公园或舞蹈场中演奏，听者可以一面游步，一面听赏。这里的是狂欢节乐队所演奏的。

第二十一，休止——这是表示行列的休止的乐曲，一切都休止，只是音乐的速度不休止，反而更急速。

第二十二，大卫同盟者，针对腓力斯人的进行曲（Marche des Davidsb ü ndler Contre les Philistins）—— 这是最长的，又最尊大勇武的乐曲。所谓大卫王，正是浪漫音乐的先导者的舒曼自己。这是舒曼率了其徒辈的新音乐家，而向迷顽不灵的保守的艺术家挑战的进行曲。全曲充满着嘲笑的、夸耀的神情，又非常强力。

（5）幻想曲集，作品十二

《翱翔》（Aufschwung）——能在音乐中表出特异的个性及强烈的主观的，除肖邦以外，只有舒曼一人。这“翱翔”便是其个性与主观的表现。这曲所写的是其向着人类的理想而不断地突进的姿态，向着名誉与成功的顶点而上达的努力，及其凌驾困难与危险的伟大的灵魂。大胆的降 B 调的第一主题，充满着夸耀、勇气、果断、翘望，同时又非常悲哀。经过种种音色明暗的变化，达于昂翔的顶点。这时候先由左手弹出滑走的音阶，始极静，渐渐加强，终于变成裂帛似的声音，强烈、快速，而可怕，令人寒栗。

《夕暮》（Des Abends）——这曲与前曲相反，非常幽静，为舒曼的最优秀的作品。但其中亦留有几处激烈的笔法，犹似沉静的暮色之中，夕阳时时射出其衰颓的红光。夕暮，自来为理想家所最爱好的时刻，在诗人尤认为一刻千金的胜景。舒曼这一曲，便是音乐上的夕暮的名作。

《乱梦》（Traumes wirren）——这曲第一部中有美丽的、仙女似的形象，灿烂的色彩，神速的运动，互相交替隐现，犹似幽灵的舞蹈。第一部中用和弦弹出忧郁的印象的一节，与第一部作成显著的对照。

《何故》（Warum）——这是幻想曲中最上的曲品。用疑问作题，曲中表示着激昂、悲哀，而又无定的憧憬。作曲的动机，是对于其恋人克拉拉的热烈的爱情。当时他对克拉拉的恋爱尚未成就，热望、恐怖、怀疑，常常袭击他的心，发挥而为此曲。这时候舒曼尚未成名，只是一介音乐学生，从当时有名的钢琴教授微克学习钢琴，其间对于教授的女儿克拉拉发生了热烈的恋情。且克拉拉也已是当时有名的女钢琴家，因此微克看不上舒曼。向微克提出求婚，微克大怒地拒绝了。然男女两人间的爱情只管日深一日，两人终于五年后结婚。这乐曲有这一段美谈的故事，故有人说，曲题的“何故”是诘问微克“何故”不许他们结婚的意思。

《乱想》（Grillen）——这是描写胡思乱想的乐曲。吃惊的突发的乐句，神秘的和声，料想不到的变调，以及特异的幻想的节奏，充分地表出着“乱想”的内容。第一主题由拍子轻重特异的和弦开始。全体类似加伏特舞曲（Gavotte），或骚杂的田舍舞曲。

（6）降 B 大调第一交响曲（春天），作品三十八

这是舒曼用了从贝多芬墓地上拾得的钢笔而作的曲。舒曼读了他的友人贝德格尔的诗《啊，云之精灵》，对于其最后的“春在谷中笑”之句最为感动，因此得了这交响曲的灵感。一八四一年作曲完成，即称之曰《春天交响乐》。

第一乐章，由短促而热烈的序奏开始。其乐句用圆号及小号吹奏。其展开有阴郁之感。和声变化之后，改用长笛的愉快的演奏，又加用小提琴，奏出有生气的快板。第二主题最为优秀，由圆号开始，继以单簧管，经过强力的展开，用新旋律的尾声（coda）告终。

第二乐章带着宗教的感情，显然有贝多芬的影响。最初的主题由小提琴奏出，由大提琴反复，其伴奏上有新鲜的乐句。更由双簧管与圆号反复展开。这展开部最为优美，乐器的用法也极巧妙。

第三乐章谐谑曲，由第二乐章末所奏的热烈的主题开始。其次的三声中段有两部，各有不同的节奏。其第一部最为独特，有柔和而丰润的和声。第二部也有特质，充分表现着舒曼的浪漫的乐风。在乐章的终了处，第一部中段又出现，用渐弱的手法结束。

第四乐章用短小的序奏开始。第一主题快活而泼辣。主题与开始的序奏作会话风格的演奏，颇有趣致。第二主题描写春的欢喜，展开部中有第一主题出现，行种种变化。以华丽而强力的演奏告终。

（7）C 大调第二交响曲，作品六十一

这交响曲作于一八四六年。没有名目，也没有标题。

第一乐章最初为十分绵延的行板（Andante sostermto assai）。开始的主题由铜管乐器演奏，附以弦乐伴奏。经过沉静的第二主题，即入快板（Allegro），其管弦乐的伴奏殊为优秀。

第二乐章，谐谑曲，活泼的快板（Allegro vivace），充满着舒曼的稀有的欢乐感情。

第三乐章，富有表情的柔板（Adagio espressivo），与第二乐章相反，有软丽的牧歌风的感情，第一第二主题皆用弦乐。

终章，十分活跃的快板（Allegro molto vivace），由急速的乐句开始。有进行曲风的第一主题，用显著的节奏移于第二主题。又经过第一主题的反复，以感谢的赞歌结束。

（8）降 E 大调第三交响曲（莱茵），作品九十七

《莱茵交响曲》是作者在莱茵地方的生活的印象记。但实际这命题也不过一种暗示，并无何等具体的描写。故这曲仍是主观的音乐。作曲于一八五〇年冬。全曲分五乐章：

1. 快板　活跃的
2. 谐谑曲　十分平稳的
3. 行板　不太快的
4. 慢板　庄严隆重的
5. 快板　活跃的

第一乐章没有序奏，立刻由提琴的第一主题开始。第二主题用双簧管、大管、单簧管吹奏。其后有两主题的很长的展开。

第二乐章全体富于谐谑的感情。

第三乐章有全曲中最美的旋律，且沉静而感伤。由此立刻移于第四乐章。

第四乐章为教堂的庄严祭典的表现，全部以长号的堂堂的旋律为基础。终曲取严格的形式。

（9）曼弗雷德序曲，作品一百一十五

这是根据拜伦（Byron）的诗剧《曼弗雷德》而作的。作于一八五〇年，一八五二年六月十三日由李斯特指挥而演奏，这是舒曼的作品中最融浑的一曲。

最初有三个激烈的和弦响出，次为序奏，由提琴接入主部。有热情的主题与会话风格的主题，继以感情的演奏。最后的尾声甚短，这是暗示曼弗雷德的死的。

舒曼选拜伦诗为作曲题材，评家说是最适当的。因为两人的性格很相近似。

《世界大音乐家与名曲》

“钢琴的灵魂”，哀愁音乐家肖邦

肖邦（1810—1849）在西洋音乐家中，是一位特殊的人物；其作品短小、玲珑、幽丽、哀艳；其人孤高、纤弱、工愁、善病。他是死于肺病的。总之，他是近世浪漫音乐成熟期的模范的抒情音乐家。

他的作曲全是钢琴曲，且全是短小而哀艳的，世间多数的青年好乐者，欢喜弹奏或听赏肖邦的名曲——他的得意之作的《夜曲》(Nocturne)。

以爱国的热情及冥想的忧郁为特色的波兰，由来为钢琴乐的王国，代表这民族性而为十九世纪浪漫乐派的巨匠的，正是肖邦。

肖邦欢喜笼闭在阴暗的房室中，点一支蜡烛，在幽静的火炉边弹琴。他的朋友们群集在窗外窃听，都非常感动。因为他不大肯在音乐会里出席演奏，而欢喜独自在阴暗的房室中弹琴。

他常穿黑色的衣服，风貌温雅。蓝色的瞳，白而长的脸，高的鼻，清朗的声音，小巧的身体，细弱的手足，都表现着他的纤细的感情与强烈的热情。

他住在巴黎，但避去交际，欢喜孤独与幽静。说起肖邦，我们就同时想起他的幽丽的“夜曲”。他的人也与“夜曲”一样幽丽。

他的诞生年，有一八〇九年与一八一〇年两说，日子也有二月二十二与三月二日两说。然多数人说是一八一〇年二月二十二日。他的父亲是波兰血统的法兰西人，在一伯爵家做家庭教师。

他的母亲是很快活而可爱的人，很有育儿的才能，肖邦幼时有赖于母教者实多。

天才的肖邦，八岁的诞辰后二日，即穿了母亲新给他打的绒线衫，在公众前演奏钢琴。演奏完毕后，母亲问他："听众最喜欢你的是什么？"他回答说："他们都看着我的新绒线衫。"

他少年时代就喜幽静，常于从师的休假日到乡村中去优游，并加入质朴的波兰农民的民谣及舞蹈队。后来他所以能为民族音乐的代表者，实由于这幼时的野趣。

九岁在大公爵面前奏军队进行曲，十四岁得沙皇亚历山大一世御赐金钢钻指戒，同年出版《c 小调回旋曲》(作品一)。

一八二六年，他的慈母患肺病而死。十六岁，某公爵赏识他的天才，送他教育费。十九岁他就游学意大利。

他的作品第二的《钢琴变奏曲》，于一八三〇年出版。作品第一与第二相差五年，其间有非凡的进步。后来他到维也纳在其地演奏他的第二号作品《钢琴变奏曲》，得到热烈的欢迎。

这期间他对波兰首都华沙（Warszawa）音乐学院声乐科的一女学生发生了恋爱。恋情很沉闷。他曾经写信给那女子："我虽死，亦当以骨灰撒于卿之足下。"

这一年他作《F 大调协奏曲》等。当时由于俄罗斯的革命的风潮，弥漫于波兰，华沙也带了活动的气象。革命爆发的时候，他正在维也纳。维也纳音乐学校的学生们，大家来到他住的地方唱歌，赞颂这青年的肖邦，又送他盛着波兰泥土的银杯。这土就是后来在巴黎撒在肖邦的棺中的。不久波兰发生暴动，继而来了华沙陷落的悲报，这是一八三一年秋九月的事。

一八三一年六月，肖邦迁居艺术的渊丛巴黎。法兰西的自由奔放的空气，很适合于当时的肖邦的心情。他就在那里设塾授徒，门下高足甚多。名声与生计两全了。

一八三五年，旅行于德累斯顿，与其友人某伯爵之妹玛利亚发生了恋爱。作了《A 大调圆舞曲》（作品六十九第一）而告别。此后他患了肺病，四年间绝不出席公开演奏。

告别玛利亚之后，又遇到他的最后的恋人，他对一个比他年长六岁的巴黎女文学家发生了恋爱。

那女子名叫乔治·桑（George Sand），曾经嫁人，生过两个孩子，后来因家庭不和而离婚的。这时似肖邦的肺病愈重了。他向她要求结婚，她不允，她用母亲一般的态度而看护他。

一八三八年他同了恋人，乘船到南方的暖国西班牙去养病。然而他有肺病和钢琴，那无知的岛国之民不许他上陆。结果转到了一处山腹的修道院的废墟中。他对了南国的青空碧海，心中十分欢喜，作出珍珠似的许多小曲。

入了冬天，他的病势切迫起来。明年，一八三九年，就回到诺安，住在恋人桑的家中息养。此后七年，长住在那家，但两人的爱情渐次淡薄了。

一八四七年六月，失了爱的肖邦悄然回到巴黎。这时候他的形容非常憔悴。有“钢琴的抒情诗人”之称而曾为全巴黎妇女的谈资的青年肖邦的面影，那时候已全然失亡了。有名的《D 大调前奏曲》，是送给恋人桑的爱的终曲。

一八四八年，他在普雷伊爱尔邸宅中开告别演奏会，席上大半是华丽的妇人。他的演奏很有光彩。瓦格纳曾评他为“妇人的肖邦”。这时候他的作品统已出版。一月革命的时候，他正旅行于英国。但他的病日重一日，不久就遄返巴黎。

一八四九年十月十五日，肖邦病重，陷入危险状态，由一波兰僧人为他行最后的忏悔及圣餐的礼。桑得知了这消息，立刻奔到巴黎，希望一次最后的拥抱，然而已经来不及了。他请求他的友人某伯爵夫人为他唱圣母赞歌，反复数遍。又命取出盛祖国泥土的银杯。

不久他就长逝了。时在十七日破晓，享年三十九岁。

《世界大音乐家与名曲》

附：肖邦的名曲

（1）自然行板的大波洛奈兹舞曲，作品二十二

此曲是肖邦的波洛奈兹舞曲中最难的一曲，同时又是最有光辉的一曲。曲名中 Spianato 一语是意大利语“沉静”之意。这是非常优秀而幽静的乐曲。曲的音律，有肖邦风的纤丽的装饰音，有微妙、幽远之趣。

此曲是奉赠于某男爵夫人的。如题名所示，分为二部，即前面一个“自然行板”，后面一个“光辉的大波洛奈兹舞曲”。

行板全体是欢喜而幸福的梦境。盖此曲是肖邦二十岁时所作，当时波兰未曾受俄人的蹂躏，又他的恋爱的悲惨的最后也还没有来到，故所写的都是明快的心境。

后面的大波洛奈兹舞曲，元气不甚旺盛，而是一首委婉的进行曲。所描写的是一五七三年波兰王的即位式的欢庆的情形，光景十分华丽灿烂。

此曲所写的全是明快的心境，在肖邦的哀愁的乐风中为一特例。

（2）练习曲，作品十，第五

这降 G 大调练习曲，是奉赠于李斯特（Liszt）的。为八十五小节所成的短曲，全体充溢着可怕的热情与烦恼。肖邦关于练习曲有这样的话："一切练习曲，皆须像歌曲一般地作曲。歌曲的歌可以不照严格的拍子，但其伴奏必须保住严格的节奏。试看风中摇曳的树木，其树干保住严格的节奏，犹如伴奏；但其枝叶可以自由荡漾，就如旋律。"这曲正如他所说，右手的主旋律与左手的伴奏判然区别，就如歌一般。所以他能在这曲中委婉地讴歌他心中的热情与烦恼。

（3）葬礼进行曲，作品三十五，第三乐章

普通以为此曲是一独立的葬礼进行曲，其实这就是肖邦的奏鸣曲（作品三十五）的第三乐章（降 b 小调）。此曲的技巧甚为困难，非纯熟的钢琴手不能如意表现。曲趣全是一团热情的狂飙，强烈的哀愁与高贵的感情，描出着一个独自的世界。

（4）玛祖卡舞曲，作品五十，第二

玛祖卡原是十六世纪时创始于波兰的一种舞蹈。Mazurka一语，原是“节庆”的意义，有节庆的舞蹈，即名为 Mazurka。又有一说此种舞蹈原出于波兰的玛祖维亚县，故名。此种舞曲大都是 3/4 拍子，每曲二乐部反复组成。此曲第一乐部如纯粹的舞蹈，第二乐部如纯粹的合唱曲，充分发挥着玛祖卡的强力的气势与特征。

（5）小犬圆舞曲，作品六十四，第一

这可说是圆舞曲中的最完全的实例。本来是钢琴曲，现又改编为提琴曲，亦颇有名。作品六十四号，三曲中第一曲，为降 D 大调。关于此曲有一段逸话：

有一天，肖邦去请他的恋人桑，看见她家的小犬追捕自己的尾巴，在地上不绝地回转。肖邦就为作此曲。故此曲又名“小犬圆舞曲”。

这曲一开始就是强力的活动，滚滚地不肯休止，历五十二小节而停顿。其后就是明白的舞曲。经过舞曲的回旋，及其发展，全曲告终。

（6）夜曲，作品十五，第二

这升 F 大调夜曲，是美丽的波斯风格的表现。在肖邦的夜曲中是最出色的一曲。

在这曲中可以窥见南国的星夜的光景。沉沉的棕树，发悲哀的呻吟的杉树，蔷薇的茂丛，就是一个南国之夜的梦。

（7）军队波洛奈兹舞曲，作品四十，第一

这舞曲本是奉赠于他的友人朱利安·冯塔纳的，后来改用“军队”的标题。曲中描写的是波兰军队的豪侠勇武的光景。

此曲作于一八四三年，为肖邦的波洛奈兹中的最高作品。曲趣与如梦如影的夜曲及优美的圆舞曲等全然不同，而表现着一种挑战的、傲岸的、必胜的精神。在其中段（trio）中可以听见象征波兰的胜利的喇叭声、马蹄之音，及勇猛的军队驰进的状况。

（8）c 小调波洛奈兹舞曲，作品四十，第二

这是高贵而庄严的作品。

曲的内容，是强力的民族受了重大的压制而发的愤恨与绝望的呼声，英雄的最后的努力，正是波兰勇士在华沙街前对俄罗斯兵作最后的奋斗时的精神。

轻妙而摇荡的中段有时作优美而哀怨的表现，暗示着一种半悲哀半讽刺的疾驱的思想。

（9）升 c 小调波洛奈兹舞曲，作品二十六，第一

这是抒情的波洛奈兹舞曲中最为人所爱好的作品。

曲中所描写的是波兰骑士的勇猛的旁若无人的心境。以强力的英雄的引子开始，急转而成为轻妙的抒情曲调，暗示波兰隆盛时代所独有的优幽纤丽的所谓理想女性的窈窕之姿。以后是阴惨而险恶的旋律，忽然犹如云破月而来，又转出光辉而甘美的乐境。

其次的中段为激烈的、热情的调子，如骑士与贵女子间会话体的二重奏曲。反映出恋人的永别，绝望的悲哀的情调。

这不仅是一首舞曲，实是描写波兰生活的一幅绘图。

（10）降e小调波洛奈兹舞曲，作品二十六，第二

这降e小调舞曲前面是不可思议的幻想的音乐，其后有合唱曲风格的宗教情趣的强力的乐段，是对于败北、屈辱、不正义的伤心而发的一种慰安与愿求。

波洛奈兹舞曲，大都具有波兰音乐所特有的婉雅华丽的风姿，可使人回想过去的波兰的黄金时代的光景。其音乐全是斯拉夫风格的，其情调与格式全是贵族的。故虽名为波洛奈兹舞曲，其实完全不是舞蹈曲风的音乐，即大都是散步曲风的进行曲。到了现代，已完全失却其“舞曲”的效用与意义，而被认为一种独立的音乐艺术的形式了。

（11）前奏曲，作品二十八，第二十四

这d小调前奏曲，在肖邦的前奏曲中最为高贵。

热情的快板先奏出两小节的琶音，就有最强的抒情的又咏叹的歌谣开始。向上疾走的旋律如排空驭气而扶摇直上的升天。忽然转调，现出连结乐句，向上疾走的旋律更移高八度而奏出，达于感情的最高点而曲终。

（12）叙事曲，作品四十七

肖邦共作叙事曲四曲，这一曲最为有名。

这曲原是奉呈于一女子诺亚尤的。所描写的是关于“水仙子”的传说：

从前波兰某湖畔有一勇武的骑士，他每天傍晚来到湖边散步，从未间断。有一天傍晚，他在湖边逢到了一个美女。这骑士为这美女所诱惑，跪在她脚下，向她求婚。美女约束他：“三日之后，倘你爱我的心不变，我就允许你。”骑士当时宣下誓言，说决不变心，暂别了这美女而去。明天傍晚，他照例又来湖边散步，又逢到另一美女，比昨日所见的更美。骑士心动，上前追随她。她乘了波浪走入湖中，骑士也落水追赶。游到湖心，在月光笼罩之下，忽见这美女一变而为昨日的美女的相貌，柳眉倒竖，厉声叱责他的背誓，其姿态与叱责之声一同消灭了。忽然湖上的月白风清，一变而为狂风怒涛，骑士就横死在湖上的风波中。——肖邦用微妙的音乐暗示这传说的精神。

最初八小节为传说的序奏。自第九小节起，表出该曲所特有的节奏，其特色就是第三个八分音符的重音（accent）。第一主题表示骑士向美女恳愿，第二主题表示美女的不从与约束。最后狂飙一般的伴奏，表示湖上的风波。最后出现悲剧的一节，表示骑士的溺死。

《世界大音乐家与名曲》

柏辽兹的作风，
在青年期有不逊于贝多芬的热烈，
待入了老年期又有不逊于柴可夫斯基的忧郁。

LISZT
缘缘堂画笔
TK

音乐里的人生（三）

钢琴大王李斯特

李斯特（1811—1886）是西洋音乐有史以来最大的钢琴家。他在钢琴演奏上有神出鬼没的技巧，在钢琴作曲上又有更高的手腕。十九世纪的音乐家而直接有影响于今世纪的音乐技术与作曲的，除瓦格纳以外，要首推李斯特。瓦格纳也说："我听了李斯特的音乐，和声法为之一变。"

李斯特的远祖是匈牙利贵族。他的父亲与一德国女子结婚，翌年，一八一一年十月二十二日，生李斯特。李斯特自小对于音乐及宗教有深的兴味。六岁即从父亲学习钢琴，未识文字时已先识乐谱。他的家庭住在匈牙利一小村中，本地无学校，他幼时全从双亲受教育。他的家庭中不用匈牙利语而用德语。他年长后长居巴黎，故操法语最为自由。匈牙利的国籍，受德语的教育，度巴黎的生活，这种多样的阅历，也许是造成李斯特的一视同仁的世界主义者的习性的一个原因。

一八二〇年秋，李斯特九岁时，第一次在公众前出席演奏。有贵族赞赏他的天才，赠他六年间的求学费，他就赴维也纳从师求学，他的家庭也迁居到维也纳。十一岁以后，时时开演奏会，以少年演奏家知名于维也纳了。后来随了他的父亲赴巴黎，拟入巴黎音乐学院。院长凯鲁比尼（Cherubini）看他是一个外国少年，拒绝他入学。

一八二七年八月父殁，李斯特奉母居巴黎，设馆教授钢琴，以资糊口。学生中有一女子，对他发生了恋情，经过许多磨折，终于破灭。李斯特失恋之后罹了重病，几乎死去。一八三一年，听了西班牙大提琴家帕格尼尼（Paganini）演奏，音乐家的志望大为兴奋，决心欲学成“钢琴的帕格尼尼”。从此钢琴的技术日进不已。后又听了柏辽兹（Berlioz）的《幻想交响曲》，对于音诗的作风颇感兴味，就作钢琴曲《诗与宗教的调和》（Harmonies Poetiques et Religieuses）。这曲由十个小曲成立，于一八三四年完成，为李斯特的异端的作风的发轫。

一八三四年，李斯特与一女文学家达各尔伯爵夫人相知，渐渐由恋爱进于夫妇一般，同居至一八三六年，生子女三人。其第二女科琪玛（Kojima），即后来嫁与彪罗（Bülow），又改嫁于乐剧大家瓦格纳（Wagner）的。李斯特在结婚生活的数年间，努力作曲，歌剧自由式改编曲（paraphrases）及钢琴曲集《旅游岁月》（Années de Pèfelerinages）中的大部分，便是这时期中的作品。

一八三六年，维也纳钢琴家塔尔贝格（Thalberg）到巴黎，受一部分听众的热烈的欢迎。于是全巴黎的音乐家就分为李斯特派与塔尔贝格派两派，而互相竞斗，一时乐坛光景非常热闹。然人望终归于李斯特。明年，李斯特发表根据舒伯特（Schubert）而作的《维也纳之夕》（Soirées de Vienne），及《超级练习曲》（Etudes d'exécution Transcendante）十二曲。名声大震于钢琴音乐界。从此李斯特以钢琴大演奏家著名于远近。其在维也纳开演奏会时，六星期以前入场券已售罄。此后赴各地演奏旅行，到处受人欢迎。他的气度非常豁达，乐善好施，常以演奏会所得的入场费周济他人。公共事业及个人，受他的恩惠者甚多。

《世界大音乐家与名曲》

李斯特的宽大与博爱，可从这一段逸话中窥知：李斯特的演奏名望极隆的时候，有一个女洋琴家，冒充李斯特的弟子，也在某地开演奏会。因为她是一无名的女洋琴家，倘不借重于大名家，其演奏会恐无人来听。因此她在招牌上擅自标记"李斯特女弟子"字样，料想李斯特事务多忙，不会到她的地方来，绝不会注意到她的假冒。恰巧李斯特偶然来到这地方，看见了她开演奏会的旅馆门前标着这样的招牌，他就在那旅馆中投宿。那女子在旅馆名牌上看到了李斯特的名字，十分惊惶，连忙来到李斯特的室中，叩头，流涕，向他谢罪。然而李斯特对她绝无不快的表示，和颜悦色地扶她起来，对她说："请你把演奏会中所弹的乐曲，在这里弹一曲给我听听。"

那女子就在李斯特面前演奏一曲，李斯特在旁热心地指导她。奏完之后，李斯特起身对那女子说道："现在我已教过你洋琴，自此以后，你尽可称为'李斯特的女弟子'了。这回你开演奏会，我可特为你出席演奏一曲，倘乐目尚未印刷，请添印一行。"

那女子惊喜之余，伏在地上泣谢。

《近世十大音乐家》

一八四四年，李斯特和他的夫人因性格不合，终于离婚。离婚之后，李斯特旅行法兰西南部各地，与少年时代的旧恋人相见。她已与别人结婚，且结婚生涯也是很不幸的。李斯特同情于她的生涯，又自伤其孤零，遂作歌曲《我要去远方》(Ich Möchte hinziehen)。这是很有名而很可爱的歌曲。曲中的半音阶乐句，后为瓦格纳取用为乐剧《特里斯坦与伊索尔德》(Tristan and Isolde)的动机(motif)。后两年又作《匈牙利狂想曲》(Hungarian Rhapsodies)十五曲，也是有名的乐曲。

一八四七年，李斯特与一波兰贵族卡洛林公妃(Carolyne Sayn-Wittzenstein)相知。这公妃即刻脱离其不幸的婚姻，与李斯特相从。两人同居于一大邸宅中。然两人的生活亦不甚调和。一八四八年以后的十年中，李斯特周游各地，不绝地旅行演奏。创作上也以这十年间为最重要。十二首"交响诗"(Symphonic poem）的全部，有名的《但丁交响曲》《浮士德交响曲》《降 E 大调钢琴协奏曲》《A 大调钢琴协奏曲》《b 小调钢琴奏鸣曲》等名曲都是这时期的作品。

一八六一年夏始，李斯特数次旅行于罗马。曾在其地度宗教的生活。其间作清唱剧《圣母伊丽莎白轶事》（Die Legende von der Heiligen Elisabeth）、《合唱弥撒》（Missa Choralls）以及他的最大的宗教音乐清唱剧《耶稣基督》（Christus）。一八六九年息游，返故国，设帐教育英才。一八七五年，在本地建设匈牙利音乐学院。晚年生活很是平静。一八八六年七月一日，李斯特在拜罗伊特（Byreuth，瓦格纳歌剧院的所在地）偶感风邪，得病，三十一日半夜逝世。葬仪在其女儿科琪玛·瓦格纳的邸宅中举行，遗骸即葬在拜罗伊特。

《世界大音乐家与名曲》

附：李斯特的名曲

（1）塔索的悲伤与胜利

这《塔索》是一八四九年八月二十八日为魏玛的歌德百年忌辰祭而作的，当时当作歌德的剧的序曲而演奏。

李斯特为歌德的剧作序曲时，特别感动于意大利诗人塔索的一生，他在序文中说："塔索生存中全不受人理解，一生处于冷遇的地位；死后方蒙无上的光荣，甚至使其迫害者也都感动。我欲表现这对照与反差。塔索因爱而在斐拉拉受难，在罗马复仇；他的名字到今尚保留在威尼斯的民谣中。威尼斯的船歌（Gondola Lied）的悲哀与单调，常使我深为感动。我就以这旋律为作曲的动机（motif）。”

此曲用 c 小调的下行的半音阶开始，描写处于被迫害的境遇的诗人塔索。第二主题是他的苦闷的叫声。这苦闷渐次增高，终于变成强烈的苦痛的爆裂。悲剧的第一主题又用全部乐器的最强奏重新出现，经过两主题的半音阶进行，而序奏告终。其次，由船歌的柔板开始，其主题用巧妙的配器法描写忧郁的诗人的心境。其后又有一高尚的主题出现，与之对照，表示塔索的人格。两主题交互错综而演奏。又次，描写在斐拉拉宫廷中的塔索，曲趣愈趋于激怒与热狂。最后描写诗人的净化，即牺牲肉体后所得的永远的胜利。用全部乐器奏了这凯歌而曲终。

（2）前奏曲

此曲作于一八四五年，至一八五四年始在魏玛初演。李斯特从法国诗人拉马尔丁（Lamartine）的《诗的冥想》（Meditations Poétiques）受得灵感而作此曲。

其总谱上附有一段序文（系抽取诗的大意而成），大意说：“人生是未知的歌的序曲，恋是一切生命的魅惑的黎明，但时时有可怕的狂飙用冷酷的疾风来打破这青春的幻想。这被残虐的灵魂何不逃出狂飙而归于田园生活的孤独与慰安呢？因为自然的宁静与和平，已不能使他满足。他将等待召唤的号角，而投身于剧烈的争斗中，在战争上显示自己的力量，而重新获得其自负与信赖。”

《前奏曲》在李斯特的作品中是最常演奏的一曲。全曲是由两主题及其展开组合而成。其中用圆号及小号演奏的集合号的部分，尤为有名的音乐。

（3）奥尔菲斯

李斯特于一八五四年为格鲁克（Gluck）的歌剧《奥尔菲斯》（Orpheus）作一序曲，同年二月十六日在魏玛开演。这序曲就是交响诗《奥尔菲斯》。李斯特的交响诗都不编作品号码；而有时在总谱上写一段自序文。此曲的自序文中这样说：

“我指挥格鲁克的《奥尔菲斯》时，看了这大家对于奥尔菲斯的单纯的解释，不得不作种种的想象。立刻想起了希腊神话中的威严又调和的奥尔菲斯……”

英国某批评家说李斯特的作品都是“呆板的散文的公式”。这话亦存几分的正确；但这交响诗《奥尔菲斯》却完全不犯那种缺陷，曲中没有李斯特所惯用的短促的旋律及极端的对照，而全曲是悠长而富于变化的旋律。

（4）普罗米修斯

李斯特在《奥尔菲斯》中表示其爱好希腊的精神。又把希腊神话中的普罗米修斯也在音乐中表现。这曲的着想的要点是“深深的痛苦”，即 Ein tiefer Schmerz。曲的开始是争斗。第一主题表示反抗，是高操而刚愎的旋律，描出被链系在山上的普罗米修斯想脱去束缚而努力挣扎的情形，及其绝望的苦恼。又描出求自由的傲岸的普罗米修斯的意志，而结束全曲。

（5）马捷帕

此曲本是钢琴曲，作于一八三〇年，一八五〇年改作为管弦乐曲，到了一八五四年始在魏玛演奏。

这关于哥萨克骑兵队长的故事，为多数艺术家所欢喜。拜伦（Byron.）与雨果（Hugo）曾为之作诗，又有名画家、名小说家为之作画，作小说，作历史的记录。李斯特这交响诗，总谱上便记录着雨果的诗。

故事的梗概如此：马捷帕是生于贵族之家的一个好色者，为波兰国王的侍从时，和一个伯爵的年轻的夫人私通，其事被伯爵发现了。马捷帕就被缚在一匹野马的背上而放纵于野外，飞奔了三日，到了乌克兰地方，马捷帕在马上已几乎气绝，那马也死了。幸有一哥萨克人来救助，马捷帕得了性命，后来就做了乌克兰王，兴兵与俄罗斯开战。

李斯特的音乐开始描写马捷帕被缚在马上的情形。马的疾走，马的叫声，马上的马捷帕的颠倒及气绝，用渐次狂暴的音乐写出。后来描写做了国王的马捷帕，用哥萨克进行曲表示地方色彩，苦难的旋律一变而为胜利的旋律，用小号演奏马捷帕的强力的主题，而全曲告终。

（6）节庆的声音

这是李斯特的交响诗的第七首。题意是“祝祭的音”。一八五一年作曲，一八五四年在魏玛初演。李斯特关于此曲并未记述其内容。故从来对于此曲的内容，有种种的解释。有人说这是描写一种盛大的国民祝祭的，有人说这是李斯特的保护者波洛那大公夫人到魏玛时李斯特所作的纪念曲，又有人说这是李斯特的结婚纪念的音乐。要之，如某评家所说，“交响诗是不可理解的斯芬克斯”。题名为 Festklänge（祝祭之音），我们只能当作“祝祭之音”而听赏。

开曲的快板（Allegro）主用定音鼓演奏，作节奏的调。其次的行板（Andante）是全曲的主题，全体感情愉快。继续奏出忧郁的小快板（Allegretto），与之相对照。最后变成波洛奈兹舞曲（Polonaise），以军队进行曲风格结束全曲。

（7）匈奴之战

李斯特的第十一首交响诗《匈奴之战》，是从柏林新博物馆中的壁画得了灵感而作曲的。着手于一八五六年，完成于一八五七年，至一八五八年四月而在魏玛初演。

壁画所描写的，是四五一年罗马人与匈奴人在罗马郊外开战，战死者变了幽灵而在空中作战的情形。背景为罗马都城，前方战场上有散乱的死骸，空中有匈奴人的幽灵军。李斯特的音乐，描写异教与基督教的战斗，终于基督教的胜利。乐曲全体取自由形式，加用风琴，演奏天主教的赞美歌合唱。

（8）浮士德交响曲

此曲于一八五三年着手，翌年完成，一八五七年又经修改。李斯特根据诗圣歌德的《浮士德》而作此交响乐。这是用管弦乐队及男声合唱来描写三个性格的。即用三乐章描写《浮士德》中的三个人物的性格：

1. 浮士德（Faust），非常慢的慢板（Lento assai），激烈的快板（Allegro impetuoso），行板（Andante），激动而热情的快板（Allegro agitato ed appassionata aassai）

2. 格丽卿（Gretchen），柔和的行板（Andante soave）

3. 梅菲斯托费里斯（Mephistopheles），讥诮的活泼的快板（Allegro vivace ironico）

这三乐章上仅注明浮士德、格丽卿、梅菲斯托费里斯三人的名字，此外并无别种内容的注解。其实不是纯粹的交响曲，而是三首交响诗的连结。

第一乐章用四个主题描写浮士德的性格。第一主题，慢板（Lento），表现为疑惑、愤怒、绝望、寂寞的烦恼。第二主题快板（Allegro）表现努力与希望。第三主题行板（Andante）表现理想与憧憬。第四主题，雄伟的（Grandioso），表现自负与精力。第二乐章用行板的旋律描写格丽卿的温和的姿态。第三乐章表现梅菲斯托费里斯的否定的态度，是很深刻的心理描写。

（9）但丁交响曲

此曲于一八四七年起稿，一八五五年完成，一八五七年在德累斯顿初奏。总谱上写明“奉赠于瓦格纳”。

但丁的《神曲》的根本的观念可大别为三部分：第一是辛苦与忧恼。第二是用希望来缓和，用爱来纯化，终于用净化力来消除的苦痛。第三是因爱而在别的世界中达到其希望而受神的福祐。这三部分即《地狱》（Inferno）、《炼狱》（Purgatorio），与《天国》（Paradise）。

但李斯特的音乐仅由《地狱》与《炼狱》两大部分成立，不过在《炼狱》的终曲（Finale）以后，附加一声乐的《圣母颂歌》（Magnificat）。

《地狱》由低音乐器开始，表示地狱的入口。忽然用长号与圆号奏出“舍弃一切希望而来此”之句。经过几次反复之后，描写地狱的光景而曲终。《炼狱》由幽静的合唱风格的主题开始，这是走向欢乐的天国的序曲。终曲《圣母颂歌》有两种描写，一是渐次消沉的很弱（pianissimo），一是用强力的“哈利路亚”（Hallelujah）合唱以描写宗教的喜悦。

（10）匈牙利狂想曲

李斯特根据匈牙利民族旋律而作多首钢琴狂想曲，均称为“匈牙利狂想曲”，大都是钢琴音乐上的有名乐曲。就中有六曲曾被改编为管弦乐曲，尤为一般交响乐团所常奏的大曲，而六曲中的第二曲，即《第二匈牙利狂想曲》，最为有名。

曲的开始是单簧管与弦乐的合奏，和圆号、长号、低音提琴的和弦的伴奏，次用长笛、竖琴、中提琴演奏旋律，用弦乐的拨奏（pizzicato）与三角铁（triangle）、铃（bell）为伴奏。作种种反复及展开。又次用双簧管（oboe）开始，乐势渐渐强大，终于用全体乐器演奏舞蹈的主题，为最热闹的部分。再经过展开，及短暂的休止之后，用单簧管（clarinet）及大管（basson）奏出幽静的旋律。用很强（fortissimo）的尾声（coda）结束全曲。

（11）爱之梦，第三曲

李斯特作钢琴音诗《爱之梦》共三曲。其最初二曲普通名为夜曲（Nocturne），唯最后一曲降A调的，题为《爱之梦》，音节非常美丽，真可谓“无言的诗”。其曲本来是根据德国浪漫派革命诗人弗来利格拉德的诗而作的小夜曲（serenade）体裁的男中音（bariton）的歌曲，后来删去歌词，仅用音描写诗趣，遂改为钢琴曲。听了这曲，觉得其中有一种爱的欢喜与悲哀，一种不满足与压迫，像五色的锦绣一般地交织着。

（12）你像一朵花

海涅（Heine）的名诗《你像一朵花》，古来曾由许多音乐家谱曲，然以李斯特的所作为最佳。据普通所知，为此诗而作的音乐有二百曲以上，均不及李斯特的优秀。由此可知李斯特这作品是名诗名曲。

这歌曲载在李斯特的《歌曲集》中，在集中为第十三曲。近代俄国音乐家鲁宾斯坦（Rubinstein）亦曾为此诗作曲，亦不及李斯特的富于热情的甘美。

（13）六首安慰曲

这是以宗教的内容著名的乐曲。李斯特在一八五六年，物质的生活渐渐满足。他的心本来倾向于宗教，常常希望宗教的生活。后来赴罗马，在梵蒂冈（Vatican）宫殿中暂时避世。这曲就是那时代所作。曲的内容全是静寂与冥想，灵魂的安息与信仰的和平的描写。

（14）b 小调奏鸣曲

奏鸣曲普通由三乐章或四乐章组成。李斯特这钢琴奏鸣曲只有一乐章，是一种变格的形式。

这曲由最弱奏而极缓慢的七小节开始，转入急激而快速的乐段，渐渐达到最强奏最急速的暴风一般的境地。经过五十五小节之后，高音部（soprano）与低音部（bass）两音部中有八音的断奏（staccato），用最强奏弹出，然后续出强力的十六分音符的半音阶的进行。不久又用左右两手在八度同音上奏出断音（staccato），渐奏渐强，如黑云弥漫，雷雨骤至。忽然又似云收雨散，在轰轰的和声中展出一支美丽的宣叙调的旋律。此后乐思转化更烈，经过种种变化，愈奏愈弱，终于在永远的寂灭中消失。

这曲是李斯特为奉赠于舒曼（Schumann）而作的。

（15）E 大调波洛奈兹舞曲

波洛奈兹舞曲本来是波兰音乐之一种。自波兰大音乐家肖邦的波洛奈兹的名作出世以后，此种乐曲就得了世界的乐曲形式的地位，作者甚多。其乐曲大都描写豪壮、华丽，或沉痛、哀愁的波兰的情趣。

李斯特这 E 大调波洛奈兹舞曲，也是描写波兰精神的。第一主题用大胆而强力的乐段，表出勇壮的波兰武士的精神，及战场上的愉悦。中段（trio）音程更高，用轻快而优美的音乐描写娇艳而华丽的波兰贵妇人。

第二主题与第一主题大异，用沉重苦闷而粗粝的谐音及音程，缀成不似波兰风格而近于半野蛮的匈牙利风格——李斯特风格——的旋律，暗示一种古代西欧的质朴的情趣。

《世界大音乐家与名曲》

交响诗人柏辽兹

柏辽兹（1803—1869）的奇蹇的一生开始于一八〇三年十二月十一日。他的父亲是一个乡村医生，富于各方面的常识。柏辽兹幼时即从父亲受教育，音乐也是父亲开始教他的。他的母亲不欢喜他的性情，平日不大接近他。柏辽兹十二岁的时候，对村中一个十八岁的美人名叫爱斯蒂尔的发生了恋情，他的作曲也从此开始。但这初恋是不久就破灭的。后来柏辽兹失妻丧子，家破人亡，到了六十一岁的孤苦的残年，重见爱斯蒂尔的时候，重新爆发恋情，这初恋之情曾经死灰复燃。六十一岁的老翁和六十七岁的老婆子酬酢了许多次的很长的情书。

柏辽兹十九岁时，受父命赴巴黎研究解剖学。但他当时正在读卢梭及夏多勃里昂的著作，他的热情日渐奔放了。他不欢喜接近那种冷却的死骸，而常到音乐院的图书馆中去翻阅音乐家的传记及乐谱，对于音乐的爱好日深一日。终于向父亲提出恳愿，欲舍解剖学而改修音乐。父亲不曾允许他，他自去投考，因他的天才的表现，立刻被取入了。专修音乐之后，感情愈加奔放不羁，常常与周围的事物相冲突。于是引起了父亲的反感，从此不供给他学费。他的母亲曾经跪在他面前，要求他改业，柏辽兹不顾而去。

断绝了学费供给之后，柏辽兹不得不入某歌剧场去充当唱歌手，借以维持生活，饱尝飘泊之苦。但其音乐的才能愈加发挥，不久蒙父亲的同情，依旧供给他求学的费用。这期间他的脾气非常暴躁，锋芒非常锐利。有一次他到歌剧场里去听其前时代的歌剧大家格鲁克（Gluck）的《伊菲姬尼在陶里德》（Iphigénie en Taurid），演奏者于弦乐中擅自加用了钹（cymbals）。柏辽兹听见了，跳起身来，厉声骂道："谁在侮弄格鲁克，擅加无意义的钹？"满座为之震骇。

一八二七年，爱尔兰有一演莎翁剧的著名女伶斯密森（Smithson）来到巴黎，扮演《哈姆雷特》（Hamlet）中的奥菲丽亚，《罗密欧与朱丽叶》（Romeo et Juliette）中的朱丽叶，色艺均佳，非常动人。柏辽兹本是莎翁崇拜者，看了她的扮演，对她发生了热烈的恋情。就为她作《幻想交响曲》（Symphonie Fantastique），特开演奏会，希望向她求爱。然而这贫乏的音乐学生在那著名的女伶眼中全然看不起，柏辽兹的单恋终于失败。这使他受了特殊的打击，顿时陷入发狂状态。有时连日在郊外度日，有时躺在咖啡店里的椅上睡眠到五个钟头之久——种种异常的生活，几同疯人一样了。后来得了音乐学校一女同学玛丽·莫克的爱，他的生活方始复原。

柏辽兹的乐风专好立异，其作品为当时的先辈例如帕格尼尼（Paganini）等所不喜，故屡次不得"罗马奖"。直至一八三〇年，始以声乐曲《萨达那帕》（Sardanapole）得奖。

明年一月，游学罗马。这时候他正是二十八岁的青年，已经作了许多有名的乐曲。他的大作《罗密欧与朱丽叶》的动机，在此时已经产生。故他的乐才，比贝多芬及瓦格纳等发挥得早。

在意大利时，他曾恋着的玛丽·莫克到了巴黎，和另外一个男子结婚了。他得知了这消息，顿起复仇之念。打定了旨意，扮装为女子，怀了手枪，向巴黎出发。他决心先把那男女两人杀死，然后自己也结束了一生。然而这到底是一时之愤，在途中渐渐平复；又看了沿途自然风光之美，忽然想到自己的远大的前程，就把这事付之一笑，而逗留在沿途的旅寓中埋头于作曲了。这时候所作的就是有名的序曲《李尔王》(Overture du Roi Léar)，是为莎翁剧而作的序曲。不久他就归巴黎。

一八三二年，柏辽兹在巴黎开音乐会。《幻想交响曲》已经过修改而完成，重新在这音乐会中演奏。从前的恋人斯密森女伶亦在听众之列。这时候她在伶界名望已经衰落，听了这曾以她自己为女主人的乐曲，心中非常感慨，忽然对柏辽兹发生了爱情。双方的亲友都反对他们的结婚。两人终于排除了万难，于次年结了婚。

又次年，生一男儿，名路易。然生活很是贫乏，柏辽兹常作音乐评论，投稿于新闻纸，以资糊口。为了明日的面包而勉强写音乐评论的时候，他的脑中常常涌起交响的美妙的灵感，然而只得任它消失了。

幸而不久受法兰西内务大臣的惠顾，请他为七月革命的牺牲者作“安魂曲”(requiem)。自一八三七年起，每年送他三千法朗的年俸，他的生活渐渐安定了。

一八四二年，他开始长期的旅行演奏，直至一八四八年，遍历法、德、俄、英、波希米亚、匈牙利、奥地利诸国，到处受人的欢迎。一八四八年七月归巴黎。他的父母在这期间相继逝世。其时他正完成其杰作《浮士德的惩罚》(La Damnation de Faust)。此后渐入不幸的境遇。一八五四年三月，爱妻死。八月，娶后妻。一八六二年，后妻又死。一八六七年，爱儿路易亦夭亡。柏辽兹入了孤零的残年。

《浮士德的惩罚》以后，一八六二年他又作喜歌剧《比阿特丽斯和本尼迪克》(Béatrice et Bénédict)，翌年又作《特洛伊人》(Les Troyens)。然皆无甚特色。

柏辽兹的作风，在青年期有不逊于贝多芬的热烈，待入了老年期又有不逊于柴可夫斯基（Tchaikovsky）的忧郁。但他的精神究竟过于浪费，故五十二岁即罹神经痛之病。他在父母妻子尽行死亡之后，不堪其孤寂，强赴俄罗斯旅行演奏。旅行归来，他的天年也就告终。他在一八六九年三月八日晨逝世。

《世界大音乐家与名曲》

附：柏辽兹的名曲

（1）幻想交响曲，作品十四

柏辽兹对于女优斯密森的单恋的苦闷，发泄而为《某艺术家的生涯中的插曲》(Episode de la Vie d'un Artiste)，即《幻想交响曲》初稿，作于一八二七年，后经修改，完成于一八三〇年。全曲分五部：

第一部，梦与热情：

“最初他回想会见恋人以前所经验的灵魂的不安，热情的波浪，无端的忧喜。其次为对那女子的火山喷发一般的恋情，他的欢乐的疲劳，嫉妒的愤怒，和平的复原，及其宗教的慰安。”

第二部，舞会：

“他在华丽而热闹的祭典舞会中会见他的恋人。”

第三部，野景：

“夏日的傍晚，他在田野中听到牧童的奏乐。周围的景色，和这牧歌的二重奏，微风的啸声，以及他的最近的希望之心，一气结合，而在他的心中造成一种和平，又在他的思想上加上一层更快活的色彩。忽然那女子又出现，他心中的和平立刻被一种苦痛的预感所搅乱而破坏了，夕阳西沉。孤独，沉默。”

第四部，向死刑台的行进：

“他杀了他的恋人，受了死刑的宣告，梦见自己往法场的光景。他合了刑场进行曲的拍子而前进。那进行曲忧郁而凶恶，华丽而庄严，脚步的拍子有一种可怕的声响。临终，那‘固定乐思’又暂时出现，是为其临死时的恋情。”

第五部，妖女夜宴的梦：

“他觉得自己加入了一切妖怪、魔鬼、异物的可怕的团体中。这些妖怪等是为了他的葬式而来的。他听得一种奇怪的骚音，呻吟声、笑声，及叫声。恋人的旋律又出现，虽然失却本来的优美的性质，而变成下等的奇怪的曲，她也已加入妖怪们的团体中了。死亡的钟鸣。怪物的舞蹈。”

（2）哈罗尔德在意大利，作品十六

如前所说，这是为帕格尼尼而作的交响曲。一八三二年，《幻想交响曲》在巴黎音乐学院开演的时候，柏辽兹与帕格尼尼初次会面。帕格尼尼得了一口宝贵的 Viola（中提琴），请柏辽兹为这乐器作一乐曲。柏辽兹就取拜伦（Byron）的题材，以 Viola 为中心而作此曲。

此曲描写哈罗尔德的浪游的经过。有 Viola 的主题时时出现。为全曲的“固定乐思”。

第一乐章分为两部，柔板（Adagio）描写哈罗尔德的忧郁，快板（Allegro）描写其幸福与喜悦：第二乐章的巡礼进行曲，在柏辽兹的一切作品中为最美。主题简单，而其配器法与减弱的奏法，有非常美妙的效果。曲终为晚祷之歌。第三乐章可视为第二乐章的连续，有与第二乐章同样的中提琴的悲哀的主题。第四乐章为柏辽兹的魄力的发现，节奏异常强烈，管弦乐法亦甚巧妙。

（3）罗马狂欢节序曲，作品九

柏辽兹于一八三八年作歌剧《本韦努托·切利尼》（Benvenuto Cellini）。其第二幕的序曲就是这《罗马狂欢节》。

据柏辽兹的笔记中说，这序曲曾受“过大的赏赞”；而歌剧本身则“受异常势力的叱声，而终于光辉的失败”。柏辽兹这歌剧是失败的，唯其第二幕的序曲非常优越。故其歌剧早为世间所忘却，而这序曲永远不朽，至今日还在到处开演。

这序曲取用意大利舞曲萨尔塔雷洛（Saltarello）为主题。从主题徐徐发出英国管（English horn）的浪漫风的旋律，再用全管弦乐反复主题的萨尔塔雷洛。全曲中充溢着柏辽兹的强大的魄力，充分表现出狂欢节的华丽而杂沓的光景。

（4）李尔王序曲，作品四

柏辽兹是莎翁赞美者，为其《李尔王》作序曲。此曲作于一八三一年春，是在罗马途中作曲的。即一八二七年，柏辽兹观斯密森女伶演莎翁剧，对斯密森发生了热烈的恋情，同时又对莎翁剧得到了无上的铭感。四年之后，即一八三一年，他就作这莎翁剧的序曲。曲中并无标题或解说。故不能确定其曲是描写对莎翁剧的铭感的，抑或描写莎翁剧的梗概的。

此曲以不祥的可怕的音乐开始，其中又含着悲痛寂寥的分子。Disperato et agitato（失望的焦急的）的记号以后，曲趣一变。曲的主要部分，皆由热情的激烈的演奏开始，而续出双簧管的柔美的旋律。

（5）《浮士德的惩罚》（作品二十四）中的《拉科西进行曲》

此曲本是匈牙利民谣。原曲系弗朗芝·拉科西公爵的宫廷音乐师巴尔那（Michael Barna）所作，曲的名称，即由此而生。

一七一一年，弗朗芝反抗匈牙利皇帝，而举革命。其音乐师巴尔那就在这进行曲中略加吉普赛（Gypsy）间所流行的调子，而改作匈牙利战歌。因此流行于各地，传播甚广。后来又经多数匈牙利音乐师重加修改。原作者的孙女芝尼格（Cznika），是一个有天才的女提琴家，她最能巧妙演奏她祖父所作的进行曲，博得好评。因此这曲传播愈广。这女子死后，这提琴曲更由匈牙利的吉普赛小提琴手罗琪德卡（Ruzsitka）加以修改，表现更加强烈而完全了。

柏辽兹就把罗琪德卡所完成的《拉科西进行曲》插入于他的歌剧《浮士德的惩罚》中。故这进行曲其实并非柏辽兹所作。不过柏辽兹的应用于歌剧中，方法甚为巧妙，全歌剧因了这进行曲的加入而忽然生色，显示伟大的效果。

《世界大音乐家与名曲》

乐剧建设者瓦格纳

剧本身已是一种复杂的艺术，乐剧则更为复杂而融合。凡演剧、音乐、文学、舞蹈，以及绘画、雕刻、建筑（舞台背景），都包含在乐剧中，这是包括一切艺术而作综合的表现。故欲创造那样复杂的一种综合艺术品，非有广博的多方面的天才不可。瓦格纳（1813—1883）便是一个博通一切艺术的天才者。他自己作文词，自己作乐曲，自己指挥演奏，亲手装饰舞台，又曾亲身登台演剧。

一八一三年，诗人李希德（Jean Paul Richter）曾经说道："从来阿波罗右手持诗才，左手持乐才，以分赠于两个天才者。然世间正期待着同时作歌词与音乐的大天才的出现。"

恰巧这一年的五月二十二日，瓦格纳在德国莱比锡（Leipzig）降生，适应了这诗人的预言。故瓦格纳是一个代表时代精神的大艺术家，与托尔斯泰、易卜生等并为十九世纪的伟人。

瓦格纳的父亲是警察局里的书记，平生酷嗜戏剧，他的母亲也有同样的趣味。父亲仅把这点戏剧爱好的趣味遗传给了瓦格纳，于瓦格纳半岁的时候就死去。

母亲带了七个孩子（瓦格纳当然是其最幼子），再嫁给一个优伶兼肖像画工的人，其人名叫格耶尔。后来格耶尔在德累斯顿的宫廷剧场中得了职务，就把全家移居于德累斯顿，然而瓦格纳的运命很险恶，八岁时这继父又死去。瓦格纳全赖母亲的抚育而长成。

一八三〇年，入莱比锡大学修习哲学和美学。一方面自己从师研究作曲，作《降 B 大调钢琴奏鸣曲》及《D 大调波洛奈兹舞曲》。一八三二年又作《C 大调交响曲》，这交响曲于次年由门德尔松（Mendelssohn）在莱比锡的乐堂中开演。这是他的音乐事业的发轫。

二十岁以后的瓦格纳，历任各地市剧场的音乐监督，在任中创作其处女歌剧《仙女》（Die Feen）的歌词和音乐，又作《爱情的禁令》（Das Liebesverbot）。一八三六年冬，与女优普兰那结婚。翌年，作《黎恩济》（Rienzi）的歌词。当时巴黎为世界艺术的渊薮，诗人、画家、音乐家所麇集之地，瓦格纳亦怀抱了南游之志。

一八三九年秋，他就做了巴黎的旅客。欲把《黎恩济》在巴黎开演，奔走设法。然运命不遇，资力耗尽而事业不成。甚至为饥寒所驱，厕身于一音乐书店中为事务员，又为杂志写稿，以弥补其生活。但他在这坎坷的时期中，发奋作曲，完成了《黎恩济》，又作《浮士德序曲》（Overture：Eine Faust）及《漂泊的荷兰人》（Der Fliegende Holländer）的初稿。终于一八四二年春携了这些曲稿，告辞了巴黎而归于故国的德累斯顿。

一八六四年，他的大作《罗恩格林》（Lohengrin）与《尼伯龙根的指环》（Der Ring des Nibelungen）开演，巴伐利亚国王路德维希二世大加赞赏，优遇瓦格纳，为他在修泰堡湖畔起造别庄，又送他每年千二百古尔登（Gulden）的年俸。瓦格纳为欲报谢巴伐利亚王的知遇，归化而为巴伐利亚的臣民。翌年，《罗恩格林》在慕尼黑（München）的宫廷剧场开演。气运渐渐亨通，至一八六六年而爱妻亡故。瓦格纳独居了五年，于一八七〇年八月续娶李斯特的女儿科琪玛为继室。

一八六八年，《名歌手》开演，《指环》的大作品将近完成。瓦格纳既得巴伐利亚王的知遇，就计划建设一所可以开演他的全部作品的大剧场。选定拜罗伊特（Bayreuth）的闲静的地点，为节日剧院（Festspielhaus）的建设地。他自己也就移居在剧场的近旁，一八七二年五月二十二日，瓦格纳六十寿辰，行剧场的奠基式，在其地开演给他最初的音乐铭感的贝多芬《第九交响曲》，及其自作的《皇帝进行曲》（Kaiser Marsch）。于是向全欧的大都市及海外的美洲大陆募集资金，又得路德维希二世的后援，壮丽的剧场即行落成。

一八七六年八月十三日至十五日即在剧场中开演他的毕生大作《尼伯龙根的指环》。全欧人士不惮远道而来观，其盛况使人联想希腊奥林匹亚竞技会。

节日剧场完成以后，一八八三年瓦格纳又作他的最后作品《帕西发尔》（Parsifal）。晚年常居意大利。一八八三年二月十三日，以心脏病死于意大利的威尼斯。其遗骸殓以铜柩，于十八日运葬于拜罗伊特，巴伐利亚国王赠以一大花环，上标文字："敬吊永世不忘之士。"

瓦格纳的全部作品可分为三期：第一期为其修业时代的作品，即《仙女》《爱情的禁令》《黎恩济》等。第二期为渐渐脱却传习的歌剧，而注重思想性格的表现的，富于诗的内容的作品，即《漂泊的荷兰人》《汤豪舍》《罗恩格林》等。第三期为舍弃

“歌剧”的旧名而改称“乐剧”的完成期的作品，即《尼伯龙根的指环》《特里斯坦与伊索尔德》《名歌手》《帕西发尔》等。

《世界大音乐家与名曲》

附：瓦格纳的名曲

（1）《黎恩济》序曲

黎恩济为罗马教皇的文书，痛疾当时的贵族社会的专横，欲从他们的压制之下救援人民，遂煽动市民，企图革命。但他的妹恋着一贵族的首领的儿子。这贵族的首领谋暗杀黎恩济，未果。黎恩济与贵族间又经过种种抗争，终于黎恩济失了人望，当其祈祷之时，人民焚烧其建筑物，黎恩济死于猛火之中。歌剧的梗概如此。

序曲是暗示这梗概的。开始为代表主人公黎恩济的宗教的性格的庄重的主题。其次又有代表黎恩济的英雄的性格的小号的主题。这两个观念为全曲的主体。终曲的尾声有小号的主旋律的活泼的演奏，为全曲的总括。

（2）《漂泊的荷兰人》中的《纺歌》

荷兰一船场的近旁的一村中，有许多处女群集在一处纺纱。机声、谈笑声、合唱声，合成愉快而有生气的音乐。突然来了一种危恶的笛声，“漂泊的荷兰人”的幽灵船来到了。这等幽灵的船员每百年中只许在故乡的海岸上陆一次。倘能在这上陆的数日间在地上得到了爱人，他就能托了这爱的力而恢复他的人身。所以他们上陆即追求爱人，纺纱的处女们听见了那笛声，都恐吓得面色惨白四下逃避。内中独有一个挪威船长的女儿，同情于一个航海者的幽灵的可悲的命运，发心用她的无限的爱去救助他，而唱这《纺歌》。

（3）《汤豪舍》序曲

《汤豪舍》是瓦格纳的第二期的作品。剧的梗概如下：

汤豪舍是十三世纪南德意志的武士兼乐人。曾以其天才受图林根领主的宠遇，与领主的侄女伊丽莎白（Elisabeth）订有婚约。但他不赞成当时的宗教上的禁欲主义，及基督教的文化。因此离去领主，入维纳斯山，与山中的妖女共耽于肉欲。后来闻得赴罗马的巡礼者的"忏悔歌"的声音，忽然觉悟，痛悔自己的罪恶，逃归领主。

领主为他张宴庆贺，又开竞技会，以爱为歌题，使国内青年斗歌，由伊丽莎白授赏。汤豪舍与其友人沃尔夫朗（Wolfram）斗歌，比赛其对于艺术与道德的理想。

道德方面的武士指斥汤豪舍的犯淫，拔剑威吓他。然伊丽莎白始终钟情于他，亲自出来庇护他，又为他忏悔。汤豪舍之罪终得赦免。

序曲就是描写这梗概的。最初以巡礼合唱的忏悔歌为动机，继以维纳斯山的妖女的肉欲的音乐，及汤豪舍对妖女的颂歌。再回复巡礼合唱的主题，壮大又单纯地描写善与恶的争斗。最后以庄重的宗教的虔敬的乐思结束全曲。这是古来序曲中意义最高远的杰作。

（4）《汤豪舍》中的《大进行曲》

这是歌剧《汤豪舍》第二幕中的一曲。为一般人所最爱听的音乐。

汤豪舍自妖女的山中逃归领主，领主开斗歌竞技会，以祝贺其归朝。这进行曲就是竞技会的来宾入场时所奏的。由勇壮的小号开始，曲趣活泼而壮大，为通俗的又不失为艺术的。故为瓦格纳音乐中最普及的乐曲之一。

（5）《汤豪舍》中的《暮星歌》

这是歌剧《汤豪舍》第三幕中，汤豪舍的情敌沃尔夫朗在斗歌会中所唱的有名的祈祷歌。

汤豪舍与沃尔夫朗两人斗歌，汤豪舍唱了维纳斯山中的妖女的淫乐，武士等责斥其道德，拔剑欲杀他。授赏者伊丽莎白亲自出来庇护汤豪舍，武士等不得下手。沃尔夫朗睹此情形，知道伊丽莎白的爱已属于其情敌汤豪舍，失望之余，决定为友人牺牲自己的爱，就全不表示失望与苦痛，而只管努力于安慰伊丽莎白的悲哀。这《暮星歌》就是沃尔夫朗当时所唱的。

第三幕中，伊丽莎白的祈祷歌唱毕后，天色已晚，夕暮的明星照耀在天的彼方。沃尔夫朗目送唱歌归去的伊丽莎白的后影，就拿出他的竖琴（harp）来，唱出这《暮星歌》。即以夕暮的明星比拟这美人。这是一曲有名的男中音（baritone）独唱曲。

（6）《罗恩格林》的前奏曲

《罗恩格林》是根据于“圣杯”的传说而作的歌剧。为瓦格纳的最美又最悲哀的浪漫歌剧之一。各幕间有前奏曲，而开始的前奏曲尤为瓦格纳音乐中的杰作，为世人所共赏。这曲中所描写的是孟萨尔伐国中的圣杯行列的情状。

第二幕的前奏曲也是演奏会中所常常取用的名曲，所描写的是剧中女主人爱尔萨（Elsa）的凶恶的运命。第三幕的前奏曲曲趣与之相反，充满着幸福与欢乐，曲调十分华丽。

（7）《罗恩格林》中的《婚礼合唱曲》

此曲旋律单纯，节奏明快，最适合于婚礼的情调，使人听了立刻联想到华堂的盛会，及佳偶的幸福。瓦格纳的初期作品中所见的轻快的拍子与美丽的旋律中，又混着其从人生的经验上所得来的严肃与敬虔的情绪。

（8）《罗恩格林》中的《爱尔萨之梦》

此曲是《罗恩格林》第一幕中的有名的女声独唱歌曲。

爱尔萨公主蒙了杀弟之罪，亨利王召见。公主穿白衣，伴着侍女，悄然出现于王前。王责问其罪，公主即唱此“梦歌”。

管弦乐奏出孟萨尔伐音乐之后，公主的表情一变，悲哀的颜面上忽然发出光辉。因为她梦见骑士化身为白鸟，来救助她。歌调中充满着神秘的光景。

(9)《女武神》中的《骑行》

大乐剧《尼伯龙根的指环》(Der Ring des Nibelungen)分为四部,《女武神》即此大乐剧中之大一部。

大乐剧《尼伯龙根的指环》为瓦格纳的哲学的理性的表现。其大旨，以神秘的指环为世界统一的象征。

大神沃坦(Wotan)的自我的骄慢，造成了世界的不幸的源泉，终于放弃其自我，又招致诸神的没落，同时与他对抗的尼伯龙根(即死亡之国)的侏儒的野心，亦全归于灭亡。再由正义的新世界创造出全新的人类来。

《骑行》是《女武神》第三幕的前奏曲。女武神是九个女子的总名，她们都能作宫中战争曲。所描写的是这些女骑士驰驱于天空中的情状。

曲中写出深夜的暴风雨的光景，雷鸣、电闪，及马蹄的疾走声。其管弦乐中的小提琴演奏最为著名。

(10)《齐格弗里德》中的《森林絮语》

《齐格弗里德》是大乐剧《尼伯龙根的指环》的第三部。

英雄齐格弗里德离开了他的养父，独自飘泊于森林中。森林的寂寥使他想起了自己的已死的父母，不堪其人生的烦恼。但晨风中的树木的沙沙声，及鸟鸣之音，牵惹了他的注意。他就在近旁折取芦管，作成一支笛，在笛中模仿鸟的歌声。又吹他自己带来的号角。他的号角声惊动了近旁的穴中的大蛇，那黑而粗大的躯体游出洞外，伸出了火焰一般的舌而来袭。齐格弗里德拔出腰间的剑来和大蛇格斗，终于斩杀了它。齐格弗里德就因此成功而为指环的所有者。

这曲描写的就是这林中的情景。主旋律根据于美丽的号角的动机，由圆号吹奏，甚为悲壮。全曲多美而明快之趣。

（11）皇帝进行曲

《皇帝进行曲》是瓦格纳的作品中最宏大的管弦乐曲，其宏大有世界独一之定评。

当时在柏林的大乐堂中开演的时候由四百人的管弦乐团与六百人的大合唱队合组而成，共需演奏员一千人，其规模之大，可想见了。其实此曲曲趣非常宏大壮丽，内容亦充实而强大，富于威势，故演奏时必需很活泼的节奏，很广的音域，与很多种的乐器，方能表出浓厚的色彩。即所谓近代的“千人交响乐”。

（12）《特里斯坦与伊索尔德》中的《爱之死》

《特里斯坦与伊索尔德》在瓦格纳的歌剧中是最悲哀的作品，又被认为古来最高的悲歌剧。其第三幕中的《爱之死》尤以悲哀的音乐著名。

爱的魔酒把特里斯坦与伊索尔德二爱人紧紧地系住在一块，使他们忘却了现世的一切，而梦想来世的幸福的生活。特里斯坦抱了伊索尔德的腕而气绝。伊索尔德便唱这《爱之死》，倒在特里斯坦的尸骸上。

曲趣极悲，情炎高翔，有极锐利的感动力。

《世界大音乐家与名曲》

通过了柏辽兹与李斯特而发达下来的标题音乐，
到了施特劳斯的『音诗』而达于绝顶。
故他的音诗是古今划时代的伟大的作品。

TSCHAIKOVSKY
緣ゝ堂畫箋
TK

音乐里的人生（四）

悲观音乐家柴可夫斯基

柴可夫斯基（1840—1893）于一八四〇年五月七日生于俄罗斯的维亚特卡省。他的父亲是一个矿山技师，他幼时当然没有良好的音乐的环境。他的法兰西女家庭教师全无音乐的素养，唯有他的母亲会弹几支幼稚的钢琴曲。

幼时一次他的父亲买了一口音乐时钟回家，柴可夫斯基非常高兴。听了其所奏的歌剧《唐璜》(Don Giovanni)（莫扎特作）中的策尔林（Zerling）的咏叹调（Aria）最为欢喜。他对莫扎特（Mozart）的敬仰，便是从这时候开始的。六岁从师学习钢琴。亲友中有一个军人，能在钢琴上弹肖邦（Chopin）的名曲，时常出入于他家中。柴可夫斯基听了这军人的弹奏，曾受很大的刺激。当时他除音乐以外，对于诗亦露出相当的才能，有“小普希金（Pushkin）”

的称号。他幼年时已怀抱热烈的爱国心，曾在地图上和俄罗斯的地面接吻，相传为有名的逸话。后来他的家族离去乡土，迁居圣彼得堡，因为他的父亲受了那地方的工艺学校的理事的任务，就命柴可夫斯基到其地入法律学校。然而他仍得在课余从师学习音乐。故其在法律学校时代，并不曾受到像舒曼（Schumann）所感的音乐与法律的争斗的苦痛，反而在这时期中结识了几个意大利有名的音乐先生。因此他的音乐上的嗜好也偏向意大利的，欢喜歌剧了。法律学校毕业之后，就在司法部任书记官之职。但其对音乐的爱好，已渐渐达于高潮。继续做官呢，还是改向音乐家？这问题在他心中酿着烦闷。

当时俄罗斯音乐的开拓者鲁宾斯坦（Rubinstein）兄弟两人在俄国乐坛上势力盛大。兄安东（Anton Rubinstein）在彼得堡，弟尼古拉（Nicholas Rubinstein）在莫斯科，各霸一方的乐坛。一八六二年，安东在彼得堡设立音乐学校，柴可夫斯基决然舍弃其官职，入音乐学校为学生了。在学习中他的音乐才能的进步非常显著。曾为席勒（Schiller）的《欢乐颂》（An die Freude）作曲，获得褒赏。安东·鲁宾斯坦自己担任作曲法教授，柴可夫斯基能在一小时中为一主题作二百首变奏曲，使得安东惊奇赞叹。一八六五年毕业后，安东就推荐他为莫斯科音乐学院的和声学教授。

在莫斯科担任教职的十年间，他的作曲的进步非常显著。当时他二十六岁，对于生活上的物质的问题虽尚未通达，但在作曲上都已成熟了。

一八七七年是他的最不幸的一年。他在这一年结婚，但他的结婚生活仅仅继续几个礼拜，就破坏了。他的健康受了损害。一八七八年去国，游历瑞士、意大利。自此以后，他的后半生的性格全然蒙上了阴郁的色彩。然这最不幸的两年，却是他收获最丰的时期。歌剧《叶甫盖尼·奥涅金》(Eugene Onegin) 便是这两年的产物。这是他的歌剧作品中最有价值的作品。《第四交响曲》亦于此时着手作曲。

游历归来，在莫斯科和一个匿名的妇人（即梅克夫人）结了交情。这妇人是一个已故的铁路技师的寡妇，很有资产。柴可夫斯基受了她的保护，辞去音乐学院教职，闭门谢客，专心于作曲了。《第四交响曲》即在这时候完成，奉献于这女人。自此至一八八七年，作有名的《一八一二年序曲》(Overture 1812)，歌剧《圣女贞德》(Joan d'Arc)、《马捷帕》(Mazeppa)、《第三管弦乐组曲》，交响幻想曲《曼弗雷德》(Manfred)，剧乐《哈姆雷特》(Hamlet)、《第五交响曲》等。自一八八八年至一八九三年，旅行演奏于柏林、巴黎、伦敦、纽约各地。此后就在美达诺华小村中栖居，度送闲静孤寂的生活。除了晨间的创作及简单的饮食以外，无论天气如何，总是在郊野中作长久的散步。其作曲的构想与主题，都是在这散步中感到的。美达诺华时代的代表作，是《第五交响曲》。

一八九三年秋深，柴可夫斯基从莫斯科赴彼得堡指挥自作的《悲怆交响曲》，不意果真遇到了悲怆的运命。是年秋，彼得堡流行霍乱，柴可夫斯基染了这流行病，于十一月六日命终。

《世界大音乐家与名曲》

附：柴可夫斯基的名曲

（1）幻想曲《暴风雨》，作品十八

“海。风之精阿利安尔从了魔法师普洛斯彼洛的意志，作起风暴。费提乃特所乘的船遭了患难。魔岛。美郎达与费提乃特的恋爱的最初的兴奋。阿利安尔。却利本。失爱后的两人委身于热情的支配。普洛斯彼洛失却魔力，离岛而去。海。”

曲的开始所描写的海，非常幽静。把弦乐分为十部，用混合的节奏和同样的琶音描出海的深广与啸声。拍子忽然急速起来，表示阿利安尔的来到与风暴的突发。闹热的风暴在圆号和小号的柔软的旋律中渐渐平伏。其次便用大提琴奏出恋爱的主题。经过主题展开，再用幽静的海的音乐结束全曲。

（2）D大调第三交响曲，作品二十九

柴可夫斯基的第一第二两交响曲，都是受西欧的古典音乐的影响的；但第三就不同，完全是独自的创见，暗示着他的后期作品的乐风。体裁也与别的交响曲全异，由五个乐章组成。

第一乐章用葬礼进行曲形式开始，由弦乐奏出庄严的主题，移于管乐。这乐章由两主题组成。愉快的第一主题经过展开以后，续出烦恼的第二主题，又经历很长的展开。

第二乐章标着“近似泰德斯卡”（alla Tedesca），为徐缓的圆舞曲，其三连音符（triplet）的用法最为有效。

第三乐章哀痛的行板（Andante elegiaco），短小而优美，由大

管和圆号演奏的主题支配全乐章。

第四乐章为谐谑曲（Scherzo）。其弱音的弦乐与单簧管用法最为巧妙。

最后的第五乐章为波兰舞曲节奏，充分发挥其愉快而强烈的特征。

（3）幻想曲《里米尼的弗兰切斯卡》，作品三十二

曲的开始，描写但丁与浮吉尔行到地狱第二圈时的烈风的状况，标着阴郁的行板（Andante lugubre）的记号。其次变成六拍子的活跃的快板（Allegro vivo），续出不安而悲哀的主题。以后由单簧管演奏魅惑而忧郁的弗兰切斯卡的主题。这主题经过美丽的展开，最后用圆号表现弗兰切斯卡的死，而结束全曲。

（4）斯拉夫进行曲，作品三十一

这是柴可夫斯基的作品中知名的一曲。一八七六年塞尔维亚与土耳其战争时，尼古拉·鲁宾斯坦为伤兵募集周济金而开音乐会，柴可夫斯基为作此曲。这是以民族的主题为基础的一首短小的进行曲。

其曲以大管吹奏的忧郁的东洋风的旋律开始，由低音提琴伴奏，所奏的是哀悼圣歌。次由双簧管续奏华美而光彩的民谣，移入于其他木管乐器，渐次达于弦乐的最高调的绝顶，即转入中段（trio）奏出俄罗斯国歌。最后的附加曲用喇叭类的乐器强烈地吹奏，充分写出胜利的光景。

（5）f小调第四交响曲，作品第三十六

《第四交响曲》是柴可夫斯基为他所爱的匿名的妇人（梅克夫人）而作的。

这妇人曾在十三年间每年无条件地赠送柴可夫斯基六千卢布的生活费，希望他的生活的安定。柴可夫斯基感激她，称她为“最善的友人”。

此曲作于一八七八年，在他的六部交响曲中，最为富于愉悦的感情，在他的悲观的作风中也是别开生面。因为这是表现他对于那妇人的感谢和幸福的感情的。

第一乐章开始有铜管乐器的行板（Andante）的序奏。然后变成中板（Moderato），用弦乐奏出第一主题。展开之后，用单簧管奏出第二主题。第二主题曲趣与第一主题全异，富于滑稽的情趣。经过展开，最后以激烈的尾声（coda）告终。

第二乐章不似器乐曲，而颇近于歌曲。曲中全无柴可夫斯基所特有的悲哀的分子，而充满着轻快愉悦的感情。其中双簧管演奏的第一主题尤为愉快。

第三乐章谐谑曲（Scherzo），全体可明显地分为三部。第一部为弦乐的极速的拨奏。第二部为木管的演奏，使人联想田舍的乐队。第三部是喇叭类演奏的军歌似的旋律。

最后的第四乐章是俄罗斯民谣《桦木立于野中》的自由的变奏曲。最初有激烈而愉快的演奏，其次即用木管乐器演奏民谣。第三主题出现后，三主题展开，反复，以很强（fortissimo）与很弱（pianissimo）作出美妙的效果。

（6）一八一二年序曲，作品四十九

这是极有名的一曲标题音乐，唱片风行甚广，为雅俗共赏的音乐。

一八一二年就是拿破仑进攻俄都莫斯科，遭逢大雪与大火，又被慓悍的哥萨克军所袭击，这盖世的英雄从此一蹶不振的那一年。《一八一二年序曲》就是在音乐中描写这事件的。

曲的开始，表示俄罗斯国民对于拿破仑的来袭的恐怖的苦恼，奏出俄罗斯国教的赞美歌；其次为法国军队的来到，和可怕的战争状况。起初法国国歌《马赛曲》（La marseillaise）歌声甚高，后来渐渐消沉下去，表示法军的败北。一方面俄罗斯国歌声渐渐强起来，又闻莫斯科教堂的钟声，和胜利的感谢声。在嘹亮的俄罗斯国歌之后又听见威武堂堂的胜利进行曲，莫斯科一场大战的描写于是完结。

（7）曼弗雷德交响曲，作品五十八

这是根据拜伦（Byron）诗而作的交响曲。作曲于一八八五年。总谱上记录着四乐章的标题如下：

“一、曼弗雷德徬徨于阿尔卑斯山中。为疑惑、后悔、绝望的烦恼所迫，其灵魂成了无名的苦痛的食饵……他的爱而不见的美丽的艾斯塔蒂的回忆，常在侵蚀他的心，世间没有一物能解除他的灵魂的灾殃。他永被抛投在最残忍的绝望的渊中了。阴郁的慢板；行板（Lento lugubre；Andante）。

“二、阿尔卑斯山的美女在瀑布彩虹的下方出现，映于曼弗雷德的眼中。谐谑曲：生气勃勃的活板（Scherzo：Vivace con spirito）。

“三、牧歌风的。山民的简单、自由而和平的生活。牧歌：稍快的行板（Pastoral：Andante con moto）。

“四、阿里曼的地下宫殿，曼弗雷德在酒徒中出现。艾斯塔蒂的灵的祈愿。她预言他在地上的烦恼将要告终。曼弗雷德的死。终章：火热的快板（Finale：Allegro con fuoco）。”

（8）e小调第五交响曲，作品六十四

《第五交响曲》作于一八八七年，为作者的悲哀的情绪的表现，然其悲哀非常美丽。故《第五交响曲》是与后述的《第六交响曲》(《悲怆》) 同样重要的作品。

第一乐章行板，有活力的快板（Andante，Allegro con anima），全是悲观的、厌世的心情的表现。其快板的主题取自波兰民谣，继续的是忧愁而无生气的演奏。唯第三主题有斯拉夫风格的光辉；但其后的展开部依然充满了忧郁与哀愁，使人联想葬礼曲。

第二乐章如歌的行板（Andante contabile），稳静，有时露出柴可夫斯基所特有的甘美。开始时圆号所奏的主题，最富于稳静之感。

第三乐章圆舞曲（Valse），为单纯而可爱的小曲。又有牧歌的感觉。

第四乐章终章（Finale），庄严而华丽。

（9）《胡桃夹子》组曲，作品七十一 A

组曲是由许多舞曲组成的大曲。《胡桃夹子》最初是芭蕾舞剧音乐，后来以其拔萃编成组曲。

这组曲作于一八九二年，虽然缺乏柴可夫斯基所特有的深刻，但极富于轻快的魅力，故为著名的组曲之一。

第一的序曲为幻想风的细巧的音乐。第二中的进行曲，用小号和单簧管开始时的旋律类似军队进行曲，此外的旋律都用弦乐奏出，与之相对照，交互反复地表现数次。“糖衣杏仁仙子舞曲”在《胡桃夹子》中为著名的舞曲。其最初的华丽的舞曲的主题，用钢片琴（celesla）（一种有键乐器，似钢琴）或钢琴（piano）演奏。“俄罗斯特雷帕克舞曲”极佳，但曲“阿拉伯舞”较为逊色。“中国舞曲”明快而富于滑稽的趣致。

（10）b 小调第六交响曲（悲怆），作品七十四

《悲怆》是柴可夫斯基的最后的作品，是他的生涯的总结，他的艺术的代表。这又可看作他的遗书，因为这曲在彼得堡开演，一八九三年十月十六日，自此三星期后的第二次演奏，便是为作者自己的葬礼而演奏的了。读过莫扎特（Mozart）的传记的人大约记得，莫扎特曾为自己作了一曲《安魂曲》（Requiem）而死。音乐家的奇特的运命竟成无独有偶。据另一说，柴可夫斯基的死并非因为霍乱，而是自杀。

全曲分为四乐章：

第一乐章以幽暗的柔板为引子。其次即奏出美丽的快板，

经过很长的展开，继续出现 D 大调的第二主题。其旋律从容悠荡，为柴可夫斯基所特有的美的表现。经过展开部，以尾声结束。

第二乐章以五拍子的恸哭似的旋律为全章的基调。五拍子在音乐上应用极妙，在这乐章中有特别新鲜的效果。

第三乐章为全曲最泼辣而强烈的部分。开始时很幽静，不久就现出进行曲的主题，渐渐引起激烈的演奏。

第四乐章，悲哀的柔板，如前所说，在全曲中达于悲哀的绝顶。通常的交响曲，总以强力而快速的乐章结束；柴可夫斯基却用柔板为末章，体裁很是奇特，效果也很奇特。

（11）钢琴曲《悲哀》

评者说这钢琴曲仿佛是《悲怆交响曲》的化身。曲中横溢着严肃、阴郁、寂寥的感情。这是庄重而深刻的悲哀，直逼悲哀的人的灵魂，又含着对于某种伟大的东西的恐惧畏缩的感情。

主题是缓慢的、印象的、强力的、悲哀的旋律，经过许多次的单调的反复。这是古代希腊传下来的“死之歌”，在俄国，人死后可雇请一班以哭丧为职业的人来送葬，以增加葬礼的哀情，他们所哭的就是这曲中所取用的“死之歌”。

听了这钢琴曲，使人们不得不想起斯拉夫人所特有的强烈而寂寥的运命观。尤其是曲的终部，悲哀之感最为锐利，其和声有一种仿佛击碎似的音响，使人联想叩墓户的光景。

（12）钢琴曲《雪橇式三套马车》

这与前者相反，是一曲愉快的钢琴曲，也是柴可夫斯基的悲哀的作品中的特例。Troika 是俄国特有的一种马车，由两个车轮和一个粗笨的车体组成，用三匹马拽行。中央的一匹马，颈上挂摇铃，走的时候发出铃声。俄罗斯的农夫们欢喜坐了这种马车，在北欧的广漠的原野中驰驱。他们乘车时，口中必高声地唱着一种歌，以为娱乐。

到了冬天，他们就取去三套马车（Troika）的两个车轮，而把车身当作橇用，即称之为雪橇（Traîneaux）。这钢琴曲题名为《雪橇式三套马车》（Troika en Traîneaux），就是描写这种橇的音乐。

这是纯粹的民谣风格的乐曲。单纯，温暖，而明快。北国的寒威，对于这充满阳气的小曲似乎也灭了势力。曲的后部有马的铃声的描写，使人想见农夫们在星期日的游骋之乐。

《世界大音乐家与名曲》

音诗人施特劳斯

施特劳斯（1864—1949）于一八六四年六月十一日生于慕尼黑（München）。他的父亲在本地的宫廷管弦乐团中为第一圆号吹奏者，是一个相当有名的音乐家。一八五三年霍乱流行的时候，丧失了爱妻和二子。数年后，再娶一麦酒酿造业者的女儿为后妻，第一次产生的儿子就是施特劳斯。

施特劳斯的正式的艺术生涯，自一八八〇年开始。这一年他在中等学校依据索福克勒斯（Sophokles）的《埃莱克特拉》（Elektra）作合唱曲《祭典歌》（Festgesang），发表于世。

明年，又发表《d 小调交响曲》（作品四），此后作品陆续产出，陆续发表。一八八四年十二月，纽约的爱乐乐团演奏他的《f 小调交响曲》（作品十二），施特劳斯的声名传扬于外国，从此他是世界的作曲家了。

自一八八三年冬，游柏林，演奏他的管乐《小夜曲》（Serenade，作品七）。当时德国有名的音乐家彪罗（Hans von Bülow）听了他的作品，大加赞赏。彪罗认识了施特劳斯的乐才，两年后，即一八八五年十月，就招请他赴迈宁根（Meiningen）为助理指挥者。音乐家的老前辈勃拉姆斯听了他第一次指挥的演奏，大加赞赏。就职几个月之后，即升任乐长。

自从舍弃了形式谨严的古典乐而醉心于表现热情的近代乐之后，他对意大利渐渐感到爱慕。不久就离开迈宁根而赴意大利。这回南国的旅行使他十分快意。这愉快的印象的记录，便是其交响幻想曲《意大利》（Aus Italien，作品十六）。这曲分四部，是描写他在那不勒斯、罗马及坎帕尼亚等处所得的印象的。

二十二岁的青年施特劳斯，于一八八六年秋受慕尼黑歌剧院的招请，重来其地就任。职务颇清闲，自己很可有从事作曲的工夫。故这时代产出名作甚多。

自一八八六年至一八八七年作《麦克白》（作品二十三），一八八八年作《唐璜》（作品二十），一八八九年作《死与净化》（Tod und Verklärung，作品二十四）。

一八八九年十月，施特劳斯赴魏玛任事。在那里颇有活动的余地，作曲家的地位从此更加牢固了。他在魏玛发表作品，又努力制作。过于劳苦的结果，急性肺炎症突发。他就辞职，赴希腊、埃及、西西里等处静养。他的处女乐剧《贡特拉姆》（Guntram）的词章与乐曲，都是在这养病的旅寓中作成的。一八九四年五月十二日，这乐剧在魏玛开演。

施特劳斯的作风，最初的第一期为古曲的使徒；其次的第二期为诗歌写实主义（poetic realism）的交响乐（交响诗）作者；到了一九〇五年以后又变为乐剧作者了。一九〇五年丧父。同年六月《莎乐美》完成，十二月开演。结果经济上大告成功，然而惹起了世人的纷纷的评论。

他是一个极富有精力的作曲家，他的少用小调而多用大调，又常用大胆的节奏，便可证明他这点特性。

例如《唐璜》的主题，在三小节中间跳跃了三个八度，但他的主题表现非常巧妙。他曾经豪语，说他能用音乐精确地表出一篇餐桌谈话。其次如《莎乐美》与《埃莱克特拉》，是感觉的，但又并非极端的和声的。他的音乐的情感是德意志的，但又并没有德国音乐家（尤其是浪漫时代的德国音乐家）所特有的内省的情感，因此常常失却作品的均衡；唯《死与净化》为最完全的作品。

通过了柏辽兹与李斯特而发达下来的标题音乐，到了施特劳斯的“音诗”而达于绝顶。故他的音诗是古今划时代的伟大的作品。

《世界大音乐家与名曲》

附：施特劳斯的名曲

（1）交响幻想曲《意大利》，作品十六

一八八六年，施特劳斯旅行于罗马、那不勒斯各地，作这交响曲《意大利》。这是施特劳斯的艺术生涯从古典的世界转向浪漫的近代音乐的过渡期的纪念作品。其乐风仿柏辽兹，全曲分四章。

听第一乐章时可想象坎帕尼亚高原的寂寥的景象。第二乐章上，作者自己写着标题：“失却光辉的幻想的绘画。在最光荣的围绕中的哀愁与憧憬的感情。”有两个主题，为奏鸣曲形式。

第三乐章为全曲中最美丽的部分，形式极为自由，差不多全部是弦乐演奏，只有其中一曲船歌由木管乐器吹奏，使人听了联想海边逍遥的光景。第四乐章描写那不勒斯人的享乐的生活，全曲愉快活泼。

（2）音诗《唐璜》，作品二十

这是施特劳斯最初出版的“音诗”，作曲于一八八八年十一月，即在魏玛发表。总谱上写着匈牙利诗人雷恼的叙事诗《唐璜》。从前的莫扎特曾经取西班牙传说作歌剧《唐璜》（德名 Don Giovanni，意名 Don Juan）。施特劳斯是根据雷恼的诗而作的。

施特劳斯是写实音乐的极端的作家，他的作品大都是丑的。他的管弦乐曲中大都有很不自然的破格的旋律，骚扰地展进，只有这《唐璜》特别富于秀美的旋律。

曲的开始有局促不安似的旋律，秀美而断片的旋律反复数次，又频频奏出不解决的不协和和弦。忽然奏出一个华丽的主题，表现唐璜，继续描写他的散漫而无结果的恋爱事情。但他的颠沛的生活不久就结束，他不再追求美和爱了。他的心中萌动了厌世之念，连生命也放弃了。小号（trumpet）奏出的便是他的最后的运命。

（3）音诗《麦克白》，作品二十三

施特劳斯注明此曲系“根据莎士比亚剧本，为大型管弦乐队而作”。它的发表，在《唐璜》与《死与净化》之后，即于一八九〇年十月十三日，由作者自己指挥而开演。但其创作却在《唐璜》之前，即一八八七年，施特劳斯二十三岁时的作品。所以他的最初的音诗的制作，其实不是《唐璜》而是《麦克白》，

不过《唐璜》先发表。

《麦克白》与后述的《死与净化》，同是音诗家施特劳斯的震撼时代的优良作品。但《麦克白》的演奏次数不多。就形式而论，《麦克白》比《唐璜》为优，然《麦克白》中差不多全然没有像旋律的旋律。故评家说：“这曲在别的点上均可称为杰作，唯在旋律的见地上说来，这音诗是失败的。”

施特劳斯的巧妙无比的“复调音乐的”（polyphonic）手法，在这曲中可谓达于绝顶，配器法也精妙无伦。

（4）音诗《死与净化》，作品二十四

这曲是一八八九年，施特劳斯二十五岁时所作，次年由作者自己指挥而发表。

评家曾把这乐曲分解为二十一个主题，有“死的主题”“热病的主题”“理想的主题”等名目。但我们听赏这乐曲时，不必用这样琐屑的分解法，只要先把列泰的诗读了就是了。这乐曲的确是施特劳斯的音诗的代表作。全曲由低缓的广板（Largo）开始。诗的大意如下：

“狭窄的小室中，点着一支残烛，发出微弱的光，病人卧在床上。他已经绝望，正在和死相战斗。他疲极而陷入睡眠。壁上的时钟在静寂中发音，犹如在预告死的来到。病人的青白的脸上浮出悲哀的微笑。他在这弥留之际梦见了幼时的欢乐的情景。

“但‘死’不许这病人再睡眠和做梦，它残酷地唤他起来，战斗又开始了。求生的意志与死的压力，何种可怕的争斗！两者不分胜负。周围又陷入静寂中。

“为了战斗和失眠而疲乏了的病人，因发热而心神昏乱，仿佛看见自己的过去的生涯像走马灯一般地在眼前通过。最初是天真烂漫的幼年的黎明。其次是青年的活泼的运动与试练。为他的生活的指针的一个最高目的，使他所见的一切净化的状态更形净化。冷酷的嘲弄的世态重重叠叠地阻碍他的事业。他将要达到目的的时候，耳边就听见‘停止！’的喝声。但他为了神圣的目的而前进。这时候死的铁槌作最后的一击，把他的地上的身体击碎为两体，死的夜掩覆了他的两目。

“但他所憧憬而追求的事物，这时候从天上强力地响出，来迎接他了。从地上释放，地上的净化。”

（5）音诗《梯尔·艾伦什皮格尔的恶作剧》，作品二十八

这曲最初发表，是一八九五年十一月十五日，当时的指挥者请问作者这曲的标题为何，作者说：“这曲不能写出标题。因为倘把我所欲暗示的思想用言语表出，一定不充分，或于音乐有伤害。然为帮助理解起见，可指示梯尔·艾伦什皮格尔的主题（motif）。这些主题经过种种的变装，种种的状态与地位，一直出现到曲的终结。其最后是梯尔在绞首台受刑。此外音乐上的滑稽的表现，可任听众自己想象。”

梯尔·艾伦什皮格尔是十五世纪德国的一个欢喜滑稽的放浪者。他的滑稽的故事在德国非常有名，小学校的儿童都知道。他的一生是奇离古怪的喜剧的连续，终于上绞首台。但据另一说，他在最后的一刹那间从绞首台上逃走。施特劳斯依据前一说，用处刑结束他的生涯。

曲的全体充溢着德意志民间传说的感情。施特劳斯在曲中用三个重要的主题。即稍快的行板（Andante con moto）为最初的主题。经过大管及弦乐、钢琴，即为愉快的圆号的主题。最后为宣告罪状及上绞首台的主题。

（6）音诗《扎拉图斯特拉如是说》，作品三十

这曲共分八部，由庄严的小号开始，继以 C 大调和弦的全乐器的猛烈的强奏（fortissimo），风琴亦用在内。这部分为“住在背后的世界的人们”（Von der Hinterwelten），即描写在宗教中发现生命的人们的。

其次为“伟大的憧憬”（Von der Grosse Sehensucht），用木管的热烈的演奏。又次，“欢喜与热情”（Von Freuden und Leidenschaften）用第一小提琴与双簧管、圆号。“坟墓之歌”（Das Grablied）用双簧管。“科学”（Von der Wissenschaft）为半音阶的赋格（fugue）的进行。“病愈者（der Genesende）用弦乐开始，有精巧的对位法。气绝七日后，重得苏醒，将近痊愈的病者，现在始觉神圣的笑，超人的笑。这时候长笛与单簧管奏出《舞蹈之歌》（Das Tanzlied），以前一切主题都出现在舞蹈的漩涡中。最后钟（bell）声响出，奏《夜行者之歌》（Nacht wandrerlied）。曲终有弦乐与木管的高音（C 大调），及低音提琴的低音拨奏（B 大调），用这两种不协和的调子相结合而结束全曲。

在这曲中，可以窥见施特劳斯的夸大癖。他自己在宣言中说，这是自由应用尼采的哲学的；然而他并未踏出尼采哲学一步。且这种题材究竟是否适于音乐的表现，这是疑问。

（7）幻想变奏曲《堂·吉诃德》，作品三十六

这曲的题名，全称是“以骑士性格为主题的幻想变奏曲《堂·吉诃德》”。一八九七年在慕尼黑作曲，一八九八年三月八日在科隆初奏。

西班牙人塞万提斯作小说《堂·吉诃德》，描写骑士堂·吉诃德与其从者的冒险故事。施特劳斯即用这题材作音乐的描写。音乐由引子（introduction）、主题（thema）、十个变奏曲（variation）和终曲（finale）组成。

堂·吉诃德读了古代的遨游四方的骑士的故事，心中非常企慕。他就空想出个恋人来，由空想再生空想，终于陷入发狂的状态，决心为了女性而亲自去做骑士。施特劳斯的音乐中，用双簧管的旋律表示其空想的恋人，用全管弦乐的最强奏，伴着可怕的和声，表示堂·吉诃德的决心，于是引子告终。

其次，用大提琴奏出感伤的高慢的主题，表示堂·吉诃德，用中音大号（tenor tuba）、低音单簧管（bass clarinet）奏出奇怪的喜剧的主题，表示其从者。继续的为中提琴独奏。

其次，由十个变奏曲，描写骑士的各种冒险。第一为风车的攻击，用小提琴的颤音和奇妙的木管音描写疾风。第二为向羊群的突贯，用铜管乐器的弱音描出羊的惊叫声。第三，用骚乱的音描写堂·吉诃德与其从者的口角。第四，描写堂·吉诃德把巡礼者误认为盗贼而袭击他们的情形。第五与第六，描写对于空想的恋人的恋情。第七描写主从二人的空中骑行。第八用管弦乐奏出一曲船歌（barcarole），表示魔船的情状。第九，遇见两个行脚僧，误认他们为魔法师，拔刃袭击。第十，与另一骑士战斗，终于失败。终曲用弦乐的震音（tremolo）表示躺在死床上的堂·吉诃德，有奇异的和声，最后用大提琴告示他的死去。

（8）音诗《英雄的生涯》，作品四十

这曲于一八九八年起稿，同年十二月完成，一八九九年三月三日由作者自己指挥而初演。关于这曲，施特劳斯曾对罗曼·罗兰说："这曲没有用标题的必要。只要知道一个英雄与敌人战斗，已经够了。"一般的解释，这曲中的英雄就是施特劳斯自己，英雄的配偶者就是他的夫人，这是描写他自己的生涯的音乐。

没有引子，第一节立刻由"英雄"的主题开始。这精进而强力的英雄的主题，用强音的圆号、中提琴、大提琴奏出。

第二，"英雄的攻击者"，用长笛、双簧管、英国管、单簧管等木管乐器的锐音演奏。

第三，"英雄的配偶者"，描写英雄的恋爱。由小提琴的柔音开始，继以全乐器的合奏，及双簧管的秀美的旋律。又在弦乐的热烈的旋律上加以竖琴（harp）的琶音的伴奏，以描写恋情。

第四，"英雄的战场"，描写英雄出征的凯旋。

第五，"英雄的和平事业"。此中屡屡摘取他的初期作品中的旋律。

最后的第六，为“英雄的退隐与奋斗的终结”。

（9）家庭交响曲，作品五十三

一九〇四年三月二十一日，施特劳斯在纽约自己指挥而开演这《家庭交响曲》。总谱上写着：“呈于我的亲爱的妻及男儿。”全曲只有一个乐章，分为四部。

全曲由丈夫、妻、孩子的主题组成。丈夫的主题又分为三，即大提琴演奏的“和蔼”，双簧管演奏的“沉思”，小提琴演奏的“激昂”。先由引子提出三人的三个主题。其次，谐谑曲标记“两亲的幸福——孩子的游戏”。柔板标记“活动与冥想——爱的情景——梦与关怀”。终曲标记“快乐的争论——幸福的结论”，即两亲论争孩子的将来。这时候孩子的主题十分显著，终于支配全曲。

这曲中并无何等可贵的旋律，完全是技巧的音乐。

（10）阿尔卑斯山交响曲，作品六十四

施特劳斯自从作了《意大利》之后，久不作自然描写的音乐了。到了一九一一年，对于自然又发生趣味，拟用音乐为阿尔卑斯山写照，至一九一五年而作成此曲。同年在柏林发表，评判极好，为成功的作品。

开曲是“夜”，用弱音的弦乐，不久铜管乐器奏出山的主题。经过了展开，用最强奏表现“日出”“登山”之后，用圆号告示

“森林的入口”由“溪畔的逍遥”转出“瀑布”，钹（cymbals）就是表现瀑布的。次第描出“幻觉”“花开的草地”“山上草地”“丛林中的迷途”“冰川”“危机”终于达了“绝顶”，这时候用四把长号，伴着别的木管和弦乐的震音（tremolo）。此后为“幻景”“雾”“日光渐次隐匿”“悲歌”“暴风雨前的静肃”“大雷雨”，于是全部乐器同时演奏，雷鸣的打击乐器亦加入。此后为“下山”“日没”“夜”，仍归于开曲的情趣而结束。

《世界大音乐家与名曲》

新时代音乐家德彪西

德彪西（1862—1918）于一八六二年八月二十二日生于巴黎附近的一村中。

他的最初的音乐先生，是肖邦的女学生。他从小善弹钢琴，十一岁即入巴黎音乐学院正式肄业。又另外从师学习钢琴、和声学、作曲学。十五岁时，以钢琴独奏得一等赏。一八八〇年又以钢琴伴奏得一等赏。一八八四年（二十二岁时）作《浪子》（L'Enfant Prodigue）得罗马奖。从此声名更高。一八八六年就赴罗马游学。最初据海涅诗作抒情剧断片《阿尔曼索尔》（Almansor），但这曲后来是毁弃的。次年，作合唱及管弦乐交响组曲《春天》（Printemps），寄送到巴黎，大受巴黎音乐学院的欢迎。自罗马归国，暂在某联队中供职，据他自己说，这时候他在军队生活中发现喇叭与电铃的音，有超越和声学的妙处，颇感兴味。

一八九二年，根据马拉美的诗作《牧神午后前奏曲》（Prélude à L'Après-midi d'un Faune），这是他的最著名的作品，现今全世界上正在到处演奏着。到了一八九三年，就着手制作他的最大作《佩利亚斯与梅丽桑德》（Pelléas et Mélisande）。

这大曲在十年后方始完成。十年间的制作中，又产出许多小作品，有名的《夜曲》（Nocturnes）便是其一。自此以后，他的追踪者骤然增多了。

《佩利亚斯》于一九〇二年四月三十日在巴黎的喜歌剧（Opéra Comique）开演，这是德彪西音乐的确定的树立。一九〇三年出版钢琴曲集《版画》（Estampes）。自此至一九〇五年作交响乐小品《大海》（La Mer）。他是大自然的爱好者，晚年时常离开巴黎的住宅，旅居各地。他的结婚生活没有明了的记录，但晓得他有个女儿，钢琴曲《儿童乐园》（Coin des Enfants）是为这女儿而作的。他在一九一四年忽然患了一种不治之病，此后健康日渐损失。到了一九一八年三月二十六日，在巴黎的住宅中长逝，享年五十有六。

《世界大音乐家与名曲》

附：德彪西的名曲

（1）牧神午后前奏曲

这是德彪西的管弦乐上的代表作。他是从象征派诗人马拉美的诗《牧神午后》得到了灵感而作曲的。作曲年代为一八九二年，两年后在巴黎开演。马拉美的诗，据说是用言语的调和的结合，使读者感到诗的情调与氛围，在其本国人也极难理解，翻译是绝对不可能的。诗的大意如次：

“牧神，一个天真而热情的活物，他在黎明的森林中觉醒，追思昨日午后所经验的事，他似乎曾经受了白色与金色的女神，神圣、柔和的放纵的水妖的访问？又似乎他所想出的追忆与他的笛中所吹出的音符一样，仅属于无形的幻影？——这等问题他都不能确定。但见那边的湖中的褐色的芦草间，的确有纯白的生物。那是白鸟吗，抑是出浴的女神？这快美的经验的印象又渐次模糊了。他为欲获得这东西，愿意舍弃其支配森林之神的资格。红色的蔷薇丛的那一方，似乎有金头白茎的百合花的花园。追忆不绝地消失……”

这诗描写恍惚如梦的境地。经德彪西翻成音乐，更加恍惚如梦，全无具体的描写了。诗所具有的幻想的、官能的、陶醉的、幽明典雅的，好像蒙着薄雾的感情，由德彪西用音乐全部传写出了。

其曲由长笛的独奏开始，所奏的是忧郁而柔和的旋律，反复多次。木管的和弦，圆号的幽远的音，清凉圆滑的竖琴的音，使这印象十分鲜明。不久这主题就展开，加用双簧管、单簧管，成对话的体裁。次由单簧管奏出诉述感情的满足与恍惚似的新主题。最初的主题又出现，最后由大提琴的独奏合了长笛的旋律，而音响次第消失。

（2）夜曲

此曲于一八九七年着手制作，一八九九年完成。分三曲者，即一、云（Nuages），二、节日（Fêtes），三、海妖（Sirènes）。

但这并非描写客观的景色，而是表现从客观所得的印象和幻想的。第三曲“海妖”中，加用女声合唱。合唱队由十六个女子组成，八人为女高音（soprano），八人为次女高音（mezzo-soprano)。但她们所唱的歌并不是有言语的歌，只是把女声当作器乐的一部分。

（3）小组曲

小组曲本是一八八九年所作的钢琴联弹曲。但后来已改编为管弦乐曲。这改编的手法非常优秀，愈能显示德彪西作品的特色。全曲由四部组成：

第一部由长笛的主题开始，有弱音的弦乐伴奏，展开之后，新的主题由小提琴与单簧管表现。再经展开，最后用小提琴反复演奏最初的主题。

第二部由长笛与双簧管的主题开始，由弦乐的拨奏，竖琴与三角铁（triangle）加以进行曲的节奏。对立主题在低音弦乐上出现，反复到最初的进行曲。弦乐又作新演奏，但都归于进行曲而告终。

第三部有木管乐器的引子。次由第一小提琴奏出主题。到了中段（trio），主题由大管吹出，用弦乐伴奏。经过展开，再用双簧管吹奏最初的主题而告终。

第四部用弦乐奏出第一主题。次由弦乐展开，次用全部乐器反复最初的主题。新的旋律由小提琴用了圆舞曲的形式而奏出。不久又反复第一主题，用圆舞曲的拍子结束全曲。

（4）大海

交响小品《大海》完成于一九〇五年。由下列三部组成：

1. 自黎明至中午的大海（De l'aube à midi sur la mer）

2. 波浪的嬉戏（Jeux de vagues）

3. 风海的对话（Dialogue du vent et de mer）

第一部描写海滨与水平线上都染了幽雅而微明的金辉的景色。第二部是一幅夏日的大洋上的壮丽的绘画。第三部表现着海的神秘、海的灵魂。

德彪西特有的“全音音阶”，在这曲的第三部中最为显著。

《世界大音乐家与名曲》

图书在版编目（CIP）数据

人生三层楼 / 丰子恺著；钟桂松编. —上海：上海三联书店，2020.7
（大家讲述）
ISBN 978-7-5426-7034-2

Ⅰ. ①人… Ⅱ. ①丰… ②钟… Ⅲ. ①散文集－中国－现代 Ⅳ. ①I266

中国版本图书馆 CIP 数据核字（2020）第 067313 号

人生三层楼

著　　者 / 丰子恺
编　　者 / 钟桂松
责任编辑 / 程　力
特约编辑 / 鞠　俊
装帧设计 / 鹏飞艺术　周　丹
监　　制 / 姚　军
出版发行 / 上海三联书店
（200030）中国上海市漕溪北路 331 号 A 座 6 楼
印　　刷 / 三河市中晟雅豪印务有限公司
版　　次 / 2020 年 7 月第 1 版
印　　次 / 2020 年 7 月第 1 次印刷
开　　本 / 640×960　1/16
字　　数 / 100 千字
印　　张 / 16

ISBN 978-7-5426-7034-2/I・1629

定　价：42.80元